LES PLUS BEAUX POÈMES POUR LES ENFANTS

Paru dans Le Livre de Poche :

LES CENT PLUS BEAUX POÈMES
DE LA LANGUE FRANÇAISE

LES PLUS BEAUX POÈMES
D'AMOUR DE LA LANGUE FRANÇAISE

JEAN ORIZET

Les Plus Beaux Poèmes pour les enfants

ANTHOLOGIE

LE CHERCHE MIDI ÉDITEUR

ISBN : 978-2-253-10955-6 – 1re publication LGF

Dans cette anthologie à l'usage des enfants, nos grands poètes classiques : Ronsard, Du Bellay, La Fontaine, Lamartine, Hugo, Marceline Desbordes-Valmore, Nerval, Rimbaud, Verlaine, tendent la main aux meilleurs de nos poètes contemporains : Paul Fort, Maurice Carême, Guillevic, Rousselot, Bérimont, Renard, Bosquet, Jeanine Moulin, parmi tant d'autres.

Tous ces poètes ont été – ou sont encore – des pères et des mères, des grands-pères et des grands-mères qui ont su trouver les mots dont s'enchantent les enfants. On lira ici leurs ballades, fables, comptines, bestiaires et herbiers, mais aussi des poèmes plus graves, que les enfants sont parfaitement capables de recevoir et d'aimer – mes nombreux passages dans les classes me l'ayant chaque fois confirmé.

Plutôt que d'organiser ces poèmes par thématiques (suffisamment de collections le font déjà) ou de les dérouler en une chronologie, j'ai choisi – et peut-être pris le risque – de présenter leurs auteurs dans l'ordre alphabétique, ce qui pourra sembler banal, mais offre à mes yeux l'intérêt de court-circuiter les époques et donc de réduire à néant toute volonté de querelle entre les anciens et les modernes, en laissant parler le seul poème.

J'ai toujours pensé, en effet, que l'un des privilèges de la vraie poésie est d'être à la fois de son temps et hors du temps. Puisse cette anthologie en établir la preuve.

Comme tout choix, celui-là est personnel, donc subjectif. Mais puisque les poèmes sont le bien de tous, à chacun, enfant, parent ou enseignant, de se les approprier pour le meilleur usage possible.

J. O.

Marc Alyn
né en 1937

CE QU'IL Y A DANS L'ŒIL DU CHAT

Si vous saviez ce qu'il y a
Dans l'œil sans fond d'un petit chat,
Qu'il soit jaune, vert ou lilas,
Vrai, vous n'en reviendriez pas !

On y voit des oiseaux de lune,
Des palais de laine et de lait,
Le Sphinx émergeant de ses dunes,
Et des ballets ultraviolets.

Sur des bassins d'une eau sans rides
S'épanouit la fleur de lotus
Tandis qu'une main translucide
Peint des soleils sur papyrus.

Tout l'univers est reflété
Dans cette goutte de lumière
Qui ouvre sur l'éternité
Ainsi qu'un hublot sur la mer.

Henry Bataille
1872-1922

Oiseau bleu, couleur du temps,
Me reconnais-tu ? fais-moi signe : –
La nuit nous donne des airs sanglotants,
Et la lune te fait blanc comme les cygnes…

Oiseau bleu, couleur du temps,
Dis, reconnais-tu la servante
Qui tous les matins ouvrait
La fenêtre et le volet
De la vieille tour branlante ?…
Où donc est le saule où tu nichais tous les ans ?
Oiseau bleu, couleur du temps.

Oiseau bleu, couleur du temps,
Dis un adieu pour la servante
Qui n'ouvrira plus désormais
La fenêtre ni le volet
De la vieille tour où tu chantes…
Ah ! reviendras-tu tous les ans !
Oiseau bleu, couleur du temps.

Charles Baudelaire
1821-1867

L'ALBATROS

Souvent, pour s'amuser, les hommes d'équipage
Prennent des albatros, vastes oiseaux des mers,
Qui suivent, indolents compagnons de voyage,
Le navire glissant sur les gouffres amers.

À peine les ont-ils déposés sur les planches,
Que ces rois de l'azur, maladroits et honteux,
Laissent piteusement leurs grandes ailes blanches
Comme des avirons traîner à côté d'eux.

Ce voyageur ailé, comme il est gauche et veule !
Lui, naguère si beau, qu'il est comique et laid !
L'un agace son bec avec un brûle-gueule,
L'autre mime, en boitant, l'infirme qui volait !

Le Poète est semblable au prince des nuées
Qui hante la tempête et se rit de l'archer ;
Exilé sur le sol au milieu des huées,
Ses ailes de géant l'empêchent de marcher.

LE CHAT

I

Dans ma cervelle se promène,
Ainsi qu'en son appartement,
Un beau chat, fort, doux et charmant.
Quand il miaule, on l'entend à peine,

Tant son timbre est tendre et discret ;
Mais que sa voix s'apaise ou gronde,
Elle est toujours riche et profonde.
C'est là son charme et son secret.

Cette voix, qui perle et qui filtre
Dans mon fonds le plus ténébreux,
Me remplit comme un vers nombreux
Et me réjouit comme un philtre.

Elle endort les plus cruels maux
Et contient toutes les extases ;
Pour dire les plus longues phrases,
Elle n'a pas besoin de mots.

Non, il n'est pas d'archet qui morde
Sur mon cœur, parfait instrument,
Et fasse plus royalement
Chanter sa plus vibrante corde,

Que ta voix, chat mystérieux,
Chat séraphique, chat étrange,
En qui tout est, comme en un ange,
Aussi subtil qu'harmonieux !

II

De sa fourrure blonde et brune
Sort un parfum si doux, qu'un soir
J'en fus embaumé, pour l'avoir
Caressée une fois, rien qu'une.

C'est l'esprit familier du lieu ;
Il juge, il préside, il inspire
Toutes choses dans son empire ;
Peut-être est-il fée, est-il dieu ?

Quand mes yeux, vers ce chat que j'aime
Tirés comme par un aimant,
Se retournent docilement
Et que je regarde en moi-même,

Je vois avec étonnement
Le feu de ses prunelles pâles,
Clairs fanaux, vivantes opales,
Qui me contemplent fixement.

Marcel Béalu
1908-1993

L'INDIFFÉRENT

J'ai un cheval noir et trois ânes blancs
Dans une maison près d'un étang rose

Le cheval peut galoper dans la lune
Les trois ânes blancs trotter sur l'étang

Je n'aime plus que le vent de novembre
Courant après les passants de Paris

Et l'ombre que fait ma plume en grinçant

L'OISEAU-CAGE

De ce brillant plumage
Faisons vite un oiseau

Un bel oiseau tout rond
Qui sera notre cage

Un grand avion vivant
Calfeutré comme un cœur

Tous ceux que nous aimons
Seront à l'intérieur

Et par vaux et par monts
Nos voix à l'unisson

Clameront l'allégresse
De cet oiseau géant

Dont nous serons le chant

Pierre Béarn

né en 1902

À L'OMBRE D'UN MARRONNIER

Un vaillant chêne en un été
avait pondu dix mille glands
qui glandouillaient glang gland gland
à qui naîtrait demain dans l'herbe…

Non loin de lui un marronnier
n'avait réussi qu'un marron
qui devint vite un avorton
cerné par deux cents menus chênes.

Mais l'an d'après quand vint l'été
le marronnier reprit vigueur
et déployant son plafonnier
vite étouffa sous sa touffeur
tous ces intrus mal aérés
afin de semer ses marrons
tonton tontaine et re tonton.

UNE ARAIGNÉE MALAVISÉE

Une fleur au pistil prudent
qui se voulait incorruptible
ne s'ouvrait vraiment que la nuit
quand les abeilles sont au nid.

Lors, une araignée survenant
tira sur elle un toit de rêve
pour mieux capturer les abeilles
dont le vol serait étourdi.

Mais au matin, mal réveillée,
la fleur enferma l'araignée...

LE POISSON-SCIE ET SA COUSINE

Un poisson-scie s'encolérait
d'avoir perdu chez les sardines
une cousine qu'il aimait.

– Rendez-la-moi sales gamines,
leur criait-il d'un air mauvais,
ou je vous change en orphelines !

– Foutriquet ! dit une bambine,
ne vois-tu pas que ta cousine
est avec nous dans un filet ?

L'énervé dut scier les rets
d'où s'échappèrent les sardines
mais lui resta dans le filet :

Il s'était trompé de cousine.

Luc Bérimont
1915-1983

À petits petons
À gros ripatons
À dos du tonton

À petit mitron
Petit mirliton
À dos du pinson,

À dos du maçon
Sur un limaçon
Un cheval d'arçon

À petit bidon
Sur un hérisson
Tout petit bedon

À petit mouton
Tout petits boutons
Petit puceron

À petit piton
Mais à gros ronrons

Petit patapon
Ma culotte de ficelle
C'est pour monter à l'échelle

Ma culotte en chocolat
C'est pour le Guatemala

Ma culotte en amadou
Pour aller au mont Ventoux

Ma culotte de cerises
C'est pour aller à l'église

Mais ma culotte de laine
Je l'aurai pour mes étrennes.

Les oiseaux et les enfants
Sont la braise du levant
Dès le premier rayon blanc
Qui filtre au bas de la nuit
Ils prennent feu dans leur rire
Craquent comme l'incendie
Comme le bois vert qui cuit
Ils avivent les feuillages
Dans les têtes de passage
Font tanguer les bons usages
Sous l'ombrage indifférent.

Les oiseaux et les enfants
S'enflamment comme le vent
Chantent dans les corridors
De la forêt de la mort,
Ils s'entendent à merveille
Dans les rébus du sommeil
Ils détressent fil à fil

Un visage et son profil
Les moulins d'ainsi-soit-il.

Les oiseaux et les enfants
Sont la craie du jour levant
Ils écrivent, crivent, crivent
Crivent, crivent en crissant
L'histoire de tous les temps
Qui se répète aujourd'hui
Sans plus de valeur qu'hier
Mais qu'il faut toujours refaire
Si l'on veut devenir grand.

Alain Bosquet
1919-1998

POLLUTION

Monsieur le Président,
elles sont polluées,
elles me sont mortelles,
ma Sardaigne, ma Corse,
ma Tasmanie.
Monsieur le Gouverneur,
elles se sont noyées,
elles sont assassines,
mes Lofoten, mes très blanches Cyclades,
mes très vieilles Hébrides.
Monsieur le Juge,
elles se sont dissoutes
car elles sont coupables,
ma trop verte Formose,
ma Martinique, ma Barbade.
Vous, Monsieur le Poète,
inventez-moi une île neuve.

CORPS ET ÂME

Je n'ai qu'un corps
mais j'ai deux âmes :
l'une pour m'émouvoir,
l'autre pour être pierre.
Je n'ai qu'une âme
mais j'ai deux corps :
l'un pour durer
autant que le sapin qui marche,
autant que le hibou qui brûle,
et l'autre pour me fondre
dans la cascade
et dans l'étoile.
Or j'ai trois âmes :
la très pure, l'impure
et celle qu'il faut purifier.
Or j'ai trois corps :
le vrai, le faux, l'imaginaire.
Je n'ai ni corps ni âme.

LES AUTRES NEIGES

Il y avait des neiges pour les pauvres,
qui finissaient très noires,
très sales.
Il y avait des neiges pour les riches,
qui restaient blanches,
très impeccables.
Il y avait des neiges pour personne
qui, dès qu'ils approchaient,
tuaient les riches et les pauvres.

Jean Breton
né en 1930

MÈRE

Elle monte vers le soleil. On dirait une goélette cinglant toutes peintures dehors, vives jusqu'à la vulgarité. Le Palais – fronton de blancheur – l'épouvante, qu'elle longe avec respect. Elle a quarante ans, un corps svelte, le visage brun au nez fort. Sa bouche est grande, congestionnée par le fard maladroitement appliqué.

Elle songe : « Je vais prendre l'air au Rocher, m'asseoir tranquille dans quelque coin, à l'écart. Ne suis-je pas inutile à tous ceux que j'aime ? »

Sous ces pas qui hésitent se tordent les graviers du chemin. Ses doigts frôlent les grilles de la Métropole. « Je laisserai le Calvaire à main gauche, pour dépasser le Monument aux Morts, prendre à droite où ma solitude ne sera pas défaite. »

Devant l'église, elle se signe, poursuit sa promenade de repère en repère, tel un grimpeur encordé. Elle a une vanité opiniâtre : que nul ne se doute de son trouble, de sa faiblesse. Passés le clocher et son mannequin d'ombre jeté à toute volée sur les dalles, elle pénètre dans la nappe aiguë de clarté.

Déguisés en Sioux, trois garçons se ruent à travers les buis et les murettes. Confusément, elle les devine, sent de nouveau son cœur fondre de tendresse. Le chef du groupe court droit sur elle. L'enfant suppose qu'elle va s'écarter. Elle entend le bruit de la galopade et s'arrête sur place, ne sachant si le danger l'effleurera ou quoi. La tête mi-tournée, tout à sa féerie, le garçon couvert de plumes multicolores la bouscule. Ses bras forment un cercle dans le vide, elle tombe sur l'allée. Sa robe a découvert ses jambes et deux touristes, à l'affût sur la terrasse supérieure, ricanent.

Elle se relève, entend décroître le pas de son innocent bourreau qui a balbutié de vagues excuses. Elle reprend sa marche tâtonnante, écrasant une larme sur ses joues. Ses yeux striés de rouge quelques secondes se ferment. Elle les rouvre, distingue un bloc grisâtre devant elle, le palpe, étale son mouchoir et s'assoit.

Depuis vingt ans elle essaie d'apprivoiser les ténèbres.

PRÉPARATIFS

On chasse les poules du jardin, on respire le fumier qui flétrit les sillons.

L'heure est basse comme si elle se ramassait devant la voûte de la nuit.

Sous le prunier, une chevelure blanche enseigne les déclinaisons du latin à une girouette châtain : comment faire passer les Alpes à des éléphants, avec des *us*, des *orum*, des *erat*. L'accent de Paris malgré les légions inquiète Miss, le cocker des frères Couture, la chienne la moins sociable des Vieilles-Poteries.

La nuit gémit (ce n'est qu'en moi).

Autour de la ferme, les champs déboîtent. Ceux où l'on parquera sont prêts. On consent à perdre quelques clous dans la réparation de la cabane à vaches. Où ils ont lâché, changeons les pieux des clôtures – bois blanc, écorce rousse – qui par leur frivolité gêneront le regard dans son habituel travelling.

Le vent s'est posé quelque part.

Les alouettes vont bientôt céder le chant à la chouette, qui taille à vif les cauchemars d'enfants.

René-Guy Cadou
1920-1951

ODEUR DES PLUIES DE MON ENFANCE

Odeur des pluies de mon enfance.
Derniers soleils de la saison !
À sept ans comme il faisait bon,
Après d'ennuyeuses vacances,
Se retrouver dans sa maison !

La vieille classe de mon père,
Pleine de guêpes écrasées,
Sentait l'encre, le bois, la craie,
Et ces merveilleuses poussières
Amassées par tout un été.

Ô temps charmant des brumes douces,
Des gibiers, des longs vols d'oiseaux !
Le vent souffle sous le préau,
Mais je tiens entre paume et pouce
Une rouge pomme à couteau.

Maurice Carême
1899-1978

LA DERNIÈRE POMME

Vais-je tomber, ne pas tomber ?
Se disait la dernière pomme.
J'ai résisté aux vents d'automne,
Aux pluies, aux premières gelées.

Il ne faut pas que j'abandonne
Mon fidèle ami, le verdier.
Vais-je tomber, ne pas tomber ?
Il y va de mon cœur de pomme.

Je suis d'or rouge et de miel jaune
Comme une lune à son lever
Et j'éclaire tout le pommier.
Non, non, verdier, je me cramponne ;
J'attendrai l'hiver pour tomber.

L’ÉCOLIÈRE

Bon Dieu ! que de choses à faire !
Enlève tes souliers crottés,
Prends donc ton écharpe au vestiaire,
Lave tes mains pour le goûter,

Revois tes règles de grammaire,
Ton problème, est-il résolu ?
Et la carte de l’Angleterre,
Dis, quand la dessineras-tu ?

Aurai-je le temps de bercer
Un tout petit peu ma poupée,
De rêver, assise par terre,
Devant mes châteaux de nuées ?
Bon Dieu ! que de choses à faire !

LE CHEVAL DE VERRE

– Je t’achète un cheval de verre,
Dit le roi, sérieux.
On voit, à travers lui, la terre
La mer du Nord, les cieux.

– Est-ce qu’on pourra le monter ?
Dit l’enfant tout surpris.
Comment verra-t-on l’étrier
S’il est de verre aussi ?

– Un prince doit pouvoir trotter
Sans mors, sans étrier.
C’est toi que l’on doit voir passer,
Toi, non le destrier.

Le prince comprit-il son père ?
Lorsque, roi sanguinaire,
Il passa entre les bannières
Claquant le long des rues,

On voyait le cheval de verre
Et personne dessus.

LES PETITS SOULIERS

Par le chemin des écoliers
S'en allaient deux petits souliers,

Deux petits souliers seuls au monde
S'en allaient par la terre ronde,

S'en allaient, les semelles molles,
À regret, loin de leur école,

S'en allaient chez le cordonnier
Où l'on voit grandir les souliers,

Où l'on voit souliers d'écoliers
Devenir souliers d'ouvriers,

Et parfois, avec de la chance,
Devenir souliers de finance,

Et souvent, avec de l'étude,
Devenir souliers de grand luxe,

Et toujours, avec de l'amour,
Devenir souliers de velours.

Francesca Caroutch
née en 1937

Dormeurs enfouis sous la rivière
enfants aux yeux rivés
à l'envers des lueurs
veilleurs ensorcelés
sous l'aile du mirage
nous sentons grandir entre nous
des paysages impalpables
Les dieux oubliés se consument
dans le halo des marécages
Nous épions le miracle
égarés entre deux vents endormis
entre les planètes aveugles
les arbres sans mémoire

Pris au filet de la nuit brève
les visages de sable croulent
dans les ruines du soleil

Voici le vent sucré
venu des lunes vertes
comme une aube incertaine
à la pointe du cœur

Par quels chemins secrets
retrouverons-nous le domaine

Et nous errons sur des sentiers
crissants d'étoiles océanes

Enfant du silence et de l'ombre
tu reposais dans de grands lits
d'orties sauvages et de menthe
Tu rêvais sur le fleuve immense
dévoré par un feu de lune
Tes mains répandaient dans le vent
des océans et des forêts
Où sont tes nuits ange perdu
L'aube Écoute le sang trop lourd
qui bat dans les coulées d'acier
Sens-tu la peur qui entre en toi
comme un couteau dans ta poitrine
Tu marches dans notre pays
vaisseau égaré dans les bruines
Tu ne vois pas le soleil luire
comme au premier matin du monde

Jacques Charpentreau
né en 1928

LE CIEL DE MON CŒUR

Le ciel est gris lorsque tu grondes :
Tombe la pluie, souffle le vent,
Et, dans un tourbillon, le monde
Se courbe et fuit en m'emportant
Au fond d'une forêt profonde
Où mon cœur souffre en attendant
Que s'apaise cet ouragan.

Le ciel est bleu quand ton sourire
Brille comme un jour de printemps.
Pas un nuage ne soupire,
L'aubépine a mis drapeau blanc.
Les oiseaux chantent pour te dire
Qu'aujourd'hui mon cœur est content :
Tu fais la pluie et le beau temps.

SUPPOSITIONS

Si la tour Eiffel montait
Moins haut le bout de son nez,
Si l'Arc de triomphe était
Un peu moins lourd à porter,
Si l'Opéra se pliait,
Si la Seine se roulait,
Si les ponts se dégonflaient,
Si tous les gens se tassaient
Un peu plus dans le métro,
Si l'on retirait des rues
Les guéridons des bistrots,
Les obèses, les ventrus,
Les porteurs de grands chapeaux,
Si l'on ôtait les autos,
Si l'on rasait les barbus,
Si l'on comptait les kilos
À deux cents grammes pas plus,
Si Montmartre se tassait,
Si les trop gros maigrissaient,

Si les tours rapetissaient,
Si le Louvre s'envolait,
Si l'on rentrait les oreilles,
Avec des SI on mettrait
Paris dans une bouteille.

LES PETITS ANGES

Quand les enfants grognons
Pleurnichent sans raison,
La mère a beau chanter,
Le père a beau crier,
Rien ne peut les distraire.
La sœur fait le poisson,
Le frère le cochon
Ou les pieds au plafond,
On appelle grand-mère,
On fait venir grand-père,
Il n'y a rien à faire.
Fripons, bougons, grognons,
Les enfants qui s'ennuient
Pleurnichent jour et nuit,
Rien ne peut les distraire.

Alors, viennent les anges,
En cohortes étranges.
Ils jouent de la violange

En chantant des cantanges
D'une voix de mésange.
Transparents aux parenges,
Ils offrent aux enfanges
Une tarte à l'orange
Où l'azur se mélange
En chatoyantes franges
Venues du paradange.
Au-dessus des berçanges,
Ils volent en phalanges
Pour chasser les chagranges
Des enfants qui grognangent.
Ils font le saut de l'ange,
Des tonneaux, des loopianges,
Des piqués, des mélanges
Et des acrobatianges.
Alors, la scène change.
Et bientôt, sans souciances,
Frétillant dans leurs langes,
Les enfants rient aux anges.

Jacques Chessex
né en 1934

MATIN

Ce matin l'herbe est noire et nue
Le vent s'allume, s'éteint
L'air s'ouvre à la pluie d'étain
Les pierres, la terre s'habituent

Ce matin le talus jaunit
Les corbeaux luisent sur le pré
L'agneau saigne à la boucherie
La terre s'y fait.

Ce matin la neige est tombée
Le troupeau tousse dans la buée
Un triste coq crie au vent blanc
La terre s'y fait comme avant

Matin de cendre et de bitume
Le gel a mordu dans nos plaies
Des larmes coulent dans la haie
La grasse terre s'accoutume

Matin de ciel et de jais
Si le soleil revenait
L'air a son odeur nocturne
L'aube rougeoie derrière l'averse
La lumière est une herse
Entre maintenant et jamais
Un merle rit du chant qu'il tresse
La terre s'y fait

Georges-Emmanuel Clancier
né en 1914

L'ENFANT CHEVAL

À l'enfant cheval
au bord d'un brin d'eau
tapi dans un val
parlent les enfants :
« Dis-nous beau poulain
comment tu te nommes,
fais-nous un câlin
de ton long museau,
l'herbe est-elle bonne
ou bien monotone ?
Ne voudrais-tu pas
aller à l'école ?
D, A, DA, DADA
O ! O ! Reste là !
U ! U !... O ! O ! O !...
mais il détala
le cheval enfant
ce petit voyou
qu'U, cette voyelle

(« Vraiment c'en est trop »
se dirent les enfants)
fit partir au trot.
Et nos écoliers
remontant leur col
car il faisait frais
pour ce mois de mai,
leur galoche au pied
reprirent leur galop
de petits poulains
enfuis de l'école.

PAR ICI PARIS

Paris de chèvrefeuille
Paris mon bel orgueil
Forêt sans écureuil
Sans biches ni chevreuil,

Paris des vieilles pierres
Paris grise lumière
Tes enfants tel un lierre
S'enlacent à la pierre,

Paris du point du jour
Paris un doigt de cour
Se doit à ces faubourgs
Où se lève l'amour.

DICT D'UN OISELEUR

Par la plume et le chant
Pie et geai seraient-ils
poèmes en mon pays ?
De la merlette j'ai dit
le familier sifflet
et le parjure de l'alouette
Mais de l'oiseau en frac
De son compère paré
À demi je tairai le secret

Alice Cluchier
(contemporaine)

TENDRESSE

Plus douillette qu'un fin duvet,
Elle adoucit tes meurtrissures,
Panse de secrètes blessures,
Étouffe le feu du regret.

À l'affût des moindres bonheurs,
Prompte à colorer l'instant pâle,
Elle sait t'isoler des râles,
Pour t'offrir l'espace des fleurs.

Fidèle à ton éloignement,
Comme à nos abandons si proches,
Elle endort soucis et reproches
Au rythme de son bercement.

Enroulée au fruit de tes ans,
Vibrante harpe de caresses,
Se penche sur toi ma tendresse,
Sauvegardant ton cœur d'enfant.

LA BULLE

Cette transparence irisée,
Dans laquelle le ciel se mire,
Flotte sur l'aile du zéphire
Où, gracile, elle s'est posée.

Bulle ! ballon en miniature,
Seul mon regard peut te frôler ;
Tu n'existes que pour voler
Et te briser d'une éraflure.

Je t'adore, bulle légère,
Poussière d'eau, cristal d'embrun,
Mousseline de l'éphémère
Sur la nacelle d'un parfum.

LE PETIT MONDE DES ENFANTS

Le ciel enveloppe nos jeux ;
Nos cris sont ceux de l'hirondelle,
Un papillon nous rend heureux
Nos bras battent comme des ailes.

En nous le soleil resplendit.
Tous les instants sont des arômes
Le sol reflète un paradis :
Celui de la fée et des gnomes.
Le frais encens venu des tiges,
Du sang végétal et des troncs,
Nous donne de joyeux vertiges,
Que les songes étoileront.

Nous sommes des rais de lumière
Pris à l'éclat de la beauté.
Notre regard reste fixé
Sur l'entrelacs de la chimère
Et le cristal des puretés.

Gabriel Cousin
né en 1918

AUTOMNE

Ô les jardins déserts
derrière les grilles rouillées
Tristes parcs solitaires
entourant les statues glacées

La pluie dans les chemins
les rafales fouettant les fils
Le vent dans les ravins
Et la grêle griffant les villes

Ô le regard des feuilles
Dévisageant les chemins creux
Vieux bras las des fauteuils
abandonnés et poussiéreux

Voix pâles des enfants
enfiévrés sous leurs couvertures
Voix des petits marchands
Quartier Saint-Jean aux rues obscures

Ô la Paix
et les hommes libres sans pays ni frontière
et l'espoir de vivre étreignant notre terre

IMPROMPTU POUR UN BAPTÊME

Entre dans l'eau, mon enfant, car l'eau apaisera ta soif. Elle te portera dans le courant de ta vie.

Rêve au feu, mon enfant, car le feu réchauffera ta chair. La flamme éclairera ton esprit.

Contemple les étoiles, mon enfant, car les nébuleuses tournent dans l'infini à l'image des atomes qui tournent en toi.

Parle à l'arbre, mon enfant, car l'arbre se dresse de la terre vers le ciel. Comme ta colonne vertébrale.

Des hommes et des femmes t'entourent
Les respirations et les voix se mêlent.

Seul, tu n'es rien.
Tous ensemble, nous pouvons vivre.

Christian Da Silva
1937-1994

Une algue a poussé dans le pré,
la mouette est sur l'érable,
Et la maison se fait voilier.

Dans le feu
s'étire un soleil de vacances,
juste assez
pour que le sable reste au sec.

Un rêve court, un rêve danse,
et c'est la plage dans ma main,
et c'est le blé dorant la neige,
et c'est une île qui revient

Avec des mots d'eau fraîche
la chaîne du puits lève l'ancre,
une histoire roule calèche
et c'est toujours dimanche,
avec les mots,
avec les mots…

La légende nous dit
que l’arbre parlait
langage de soleil
en ses cheveux.

Un jour, il devint chauve.
C’était l’octobre,
et le soleil se tut.

La nuit se fit plus longue.

Puis, un matin,
avril lui redonna perruque.

L’arbre, perplexe,
se demande toujours
pourquoi ses feuilles sont caduques.

J'ai toute une maison de mots,
un toit de musique,
à rêver que l'arbre se promène
et saute le ruisseau.

Une maison inhabitable,
où tangue la forêt,
où tanguent les images,
entre midi et ses reflets.

Une maison qui s'appelle décembre
quand il neige,
avril, peut-être,
quand la graine s'étire
et bâille à en germer.

Une maison,
qui, pour une lettre
dévalant le pré,
devient saison,

devient l'été,
et se rendort
à la dernière fenêtre
de l'année.

Jean-Marc Debenedetti
né en 1952

POUR CHANGER DE PAYSAGE

Quand le temps s'accroche aux branches
et qu'il pleure des feuilles perdues
que le ciel est l'exact reflet du bitume
que les nuages recouvrent le ventre des oiseaux
Il pleut des maisons
il nage des pigeons
il gèle des voitures
il fume des trottoirs

Pour changer de paysage
fabrique-toi d'autres saisons

BONNE NUIT

Le soir ouvre les bras
des draps obscurs enveloppent la ville
de tous ses rêves
étouffent les bruits
pour imposer un silence neuf
un silence d'oreiller
qui s'installe dans la chambre
doucement
les regards des jouets
te racontent des histoires

POUBELLE – BELLE

Dans la cour rose bonbon
un endroit est réservé
aux détritus
Ils font un tel remue-ménage
dans leurs boîtes
qu'on se demande
s'ils ne vont pas s'élancer
pour jouer avec le vent
à pigeon-vole
à chat perché
ou encore
au cerf-volant
histoire
de passer le temps

Lucie Delarue-Mardrus
1880-1945

L'ODEUR DE MON PAYS

L'odeur de mon pays était dans une pomme.
Je l'ai mordue avec les yeux fermés du somme
Pour me croire debout dans un herbage vert.
L'herbe haute sentait le soleil et la mer,
L'ombre des peupliers y allongeait ses raies,
Et j'entendais le bruit des oiseaux, plein les haies,
Se mêler au retour des vagues de midi.
Je venais de hocher le pommier arrondi,
Et je m'inquiétais d'avoir laissé ouverte,
Derrière moi, la porte au toit de chaume mou…

Combien de fois, ainsi, l'automne, rousse et verte
Me vit-elle au milieu du soleil et, debout,
Manger, les yeux fermés, la pomme rebondie
De tes prés, copieuse et forte Normandie !…
Ah ! je ne guérirai jamais de mon pays.
N'est-il pas la douceur des feuillages cueillis
Dans leur fraîcheur, la paix et toute l'innocence ?
Et qui donc a jamais guéri de son enfance ?…

Marceline Desbordes-Valmore
1786-1859

L'OREILLER D'UN ENFANT

Cher petit oreiller, doux et chaud sous ma tête,
Plein de plume choisie, et blanc, et fait pour moi !
Quand on a peur du vent, des loups, de la tempête,
Cher petit oreiller, que je dors bien sur toi !

Beaucoup, beaucoup d'enfants, pauvres et nus, sans
[mère,
Sans maison, n'ont jamais d'oreiller pour dormir ;
Ils ont toujours sommeil, ô destinée amère !
Maman ! douce maman ! cela me fait gémir.

Charles Dobzynski
né en 1929

L'HORLOGE

L'horloge de chêne tricote
avec ses aiguilles de fer
un invisible pull-over
et le temps lui sert de pelote.

Maille à l'endroit, maille à l'envers,
le temps lui file entre les doigts,
fil de neige pour les jours froids
et fil d'herbe pour les jours verts.

Une heure noire, une heure blanche,
crochetées et croisées sans trêve,
l'écheveau des nuits et des rêves
se dévide au bout de ses branches.

Qui portera ce vêtement
qu'elle tisse avec tant d'adresse,
sa laine douce est la caresse
de quel hiver, de quel printemps ?

Elle tisse car le temps presse,
maille blanche sur maille noire,
en ignorant que la mémoire
défera les fils qu'elle tresse.

Elle a beau nouer et lier
le fil qui se perd et se casse,
nul jamais n'a pu s'habiller
de la laine du temps qui passe.

LE CHOU

Un chou se prenant pour un chat
léchant son museau moustachu,
sa bedaine de pacha,
à ses feuilles s'arracha,
pour prouver que sous son poncho
couleur d'artichaut,
son pelage était doux et chaud,
sa queue de soie, sa robe blanche.

En miaulant à belle voix,
le chou se percha sur un toit,
puis dansa le chachacha
de branche en branche.
Or, le chou n'était pas un chat
aux pattes de caoutchouc,
sur la ramure il trébucha,
et c'est ainsi que le chou chut
fâcheusement et cacha
sa piteuse mésaventure
dans un gros tas d'épluchures.

LA TOMATE

Trop timide, la tomate
devient écarlate
quand on lui dit qu'elle est belle.
Un rien l'épate,
elle se dresse sur ses pattes
pour imiter les hirondelles.
Elle rêve d'avoir des ailes,
s'arrondit, se gratte,
se gonfle d'eau, se dilate,
mais à chaque fois ça rate :
aucune plume ne pousse
à son épaule tendre et douce.
La tomate échec et mat,
se résigne, s'acclimate,
mais sous son air ombrageux,
puisque le ciel est paradis perdu,
elle mijote dans son jus
d'aromates,
un songe rouge et nuageux.

Joachim Du Bellay
1522-1560

Heureux qui, comme Ulysse, a fait un beau voyage,
Ou comme celui-là qui conquit la toison,
Et puis est retourné, plein d'usage et raison,
Vivre entre ses parents le reste de son âge !

Quand reverrai-je, hélas ! de mon petit village
Fumer la cheminée, et en quelle saison
Reverrai-je le clos de ma pauvre maison,
Qui m'est une province et beaucoup davantage ?

Plus me plaît le séjour qu'ont bâti mes aïeux,
Que des palais romains le front audacieux :
Plus que le marbre dur me plaît l'ardoise fine,

Plus mon Loire gaulois que le Tibre latin,
Plus mon petit Liré que le mont Palatin,
Et plus que l'air marin la douceur angevine.

Marie-Jeanne Durry
1901-1980

CHANSON

J'ai volé un petit nuage
Pour me promener

Je flotte sur les villages
D'un monde abandonné

Vous pouvez vous mettre en chasse
Vous ne m'attraperez pas,

Mais d'en haut je tends mes nasses !
Viens partager mon repas

De gouttes et d'étincelles,
Viens partager mon repos,

Je plonge et je te soulève
Jusqu'à mon nid dans le ciel,

Le soleil est sur nos lèvres
Un gâteau de miel :

Écoute comme je chante
Vois naître dans l'air

Les agiles couleurs changeantes
Qui frémissent sur la mer

CERCEAU

La girafe aux taches brunes
tend son long cou vers la lune

Dans les odeurs de varech
Le fier coq ouvre le bec

Vert de corps, rouge de crête,
Il a du vent dans la tête.

Double bosse le chameau
A mis l'enfant sur son dos

Aigrelette maigrelette
J'écoute la musiquette

Attelés au chariot d'or
Piaffent deux chevaux sans mors.

Qu'il pleuve, qu'il vente ou neige
Vire gaiement le manège !

La couronne des ampoules,
Le bruit mouillé de la houle,

Brillant de feux le cerceau
Vire sur le noir de l'eau.

TROIS ANS

Elle couvre Lydie
D'un vieux beau chiffon rouge
Car Lydie a très froid

Elle lui mord la joue
Comme on donne un baiser.

Aussi grand que l'enfant,
L'ours paterne et doré
Assis sur une chaise,
Et le tout petit ours,
Un gros trou dans le dos,
Restent dans leur cachette
Avec la poule blanche
Dont la ficelle pend.

Les ours pleurent des larmes d'ours,
La poule perd ses plumes,
Mais la blonde poupée
Sourit dans ses chiffons

Jean-Pierre Claris de Florian
1755-1794

LA GUENON, LE SINGE ET LA NOIX

Une jeune guenon cueillit
Une noix dans sa coque verte ;
Elle y porte la dent, fait la grimace… Ah ! certes,
Dit-elle, ma mère mentit
Quand elle m'assura que les noix étaient bonnes.
Puis, croyez aux discours de ces vieilles personnes
Qui trompent la jeunesse ! Au diable soit le fruit !
Elle jette la noix. Un singe la ramasse,
Vite entre deux cailloux la casse
L'épluche, la mange et lui dit :
Votre mère eut raison, ma mie
Les noix ont fort bon goût ; mais il faut les ouvrir.
Souvenez-vous que, dans la vie,
Sans un peu de travail on n'a point de plaisir.

Paul Fort
1872-1960

LE CIEL EST GAI, C'EST JOLI MAI

La mer brille au-dessus de la haie, la mer brille comme une coquille. On a envie de la pêcher. Le ciel est gai, c'est joli Mai.

C'est doux la mer au-dessus de la haie, c'est doux comme une main d'enfant. On a envie de la caresser. Le ciel est gai, c'est joli Mai.

Et c'est aux mains vives de la brise que vivent et brillent des aiguilles qui cousent la mer avec la haie. Le ciel est gai, c'est joli Mai.

La mer présente sur la haie ses frivoles papillonnées. Petits navires vont naviguer. Le ciel est gai, c'est joli Mai.

LE BONHEUR

Le bonheur est dans le pré. Cours-y vite, cours-y vite. Le bonheur est dans le pré. Cours-y vite. Il va filer.

Si tu veux le rattraper, cours-y vite, cours-y vite. Si tu veux le rattraper, cours-y vite. Il va filer.

Dans l'ache et le serpolet, cours-y vite, cours-y vite, dans l'ache et le serpolet, cours-y vite. Il va filer.

Sur les cornes du bélier, cours-y vite, cours-y vite, sur les cornes du bélier, cours-y vite. Il va filer.

Sur le flot du sourcelet, cours-y vite, cours-y vite, sur le flot du sourcelet, cours-y vite. Il va filer.

De pommier en cerisier, cours-y vite, cours-y vite, de pommier en cerisier, cours-y vite. Il va filer.

Saute par-dessus la haie, cours-y vite, cours-y vite. Saute par-dessus la haie, cours-y vite ! il a filé !

LA FRANCE

Ah ! quelle vie ! quelle fraîcheur, quelle gaîté !
La France court les bois et court sous les pommiers.
Hé ! Dieu ! quelle souplesse et quelle agilité !
La France court les airs et court les pigeonniers.
Quelle fougue de voir, quel désir de monter !
La France court le Ciel, est-ce un paradisier ?
Quelle joie de sonder l'abîme et d'exister !
De tout l'esprit du Monde elle est seule hantée.
Quelle âme, quel amour, quel feu, quelle clarté !
La France court l'espace et court l'éternité.

COMPLAINTE DU PETIT CHEVAL BLANC

Le petit cheval dans le mauvais temps, qu'il avait donc du courage ! C'était un petit cheval blanc, tous derrière et lui devant.

Il n'y avait jamais de beau temps dans ce pauvre paysage. Il n'y avait jamais de printemps, ni derrière ni devant.

Mais toujours il était content, menant les gars du village, à travers la pluie noire des champs, tous derrière et lui devant.

Sa voiture allait poursuivant sa belle petite queue sauvage. C'est alors qu'il était content, eux derrière et lui devant.

Mais un jour, dans le mauvais temps, un jour qu'il était si sage, il est mort par un éclair blanc, tous derrière et lui devant.

Il est mort sans voir le beau temps, qu'il avait donc du courage ! Il est mort sans voir le printemps ni derrière ni devant.

LE VENT A FAIT LE TOUR DU MONDE

Le vent a fait le tour du monde, a cueilli toutes les fleurs de Chine, des roses, des mauves, des blondes, des grises. Le jour, la nuit, voici le vent pour tout le monde.

Le vent a fait le tour du monde, a cueilli toutes les feuilles en France, des brunes, des vertes, des bleues, des blanches. La nuit, le jour, voici le vent pour tout le monde.

Le vent a fait le tour du monde, a cueilli tous les fruits d'ici, des jaunes, des rouges, des noirs aussi. Ni jour, ni nuit, et c'est l'orage pour ceux d'ici.

Théophile Gautier
1811-1872

PREMIER SOURIRE DE PRINTEMPS

Tandis qu'à leurs œuvres perverses
Les hommes courent haletants,
Mars qui rit, malgré les averses,
Prépare en secret le printemps.

Pour les petites pâquerettes,
Sournoisement lorsque tout dort,
Il repasse des collerettes
Et cisèle des boutons d'or.

Dans le verger et dans la vigne,
Il s'en va, furtif perruquier,
Avec une houppe de cygne,
Poudrer à frimas l'amandier.

La nature au lit se repose ;
Lui, descend au jardin désert
Et lace les boutons de rose
Dans leur corset de velours vert.

Tout en composant des solfèges
Qu'aux merles il siffle à mi-voix,
Il sème aux prés les perce-neige
Et les violettes au bois.

Sur le cresson de la fontaine
Où le cerf boit, l'oreille au guet,
De sa main cachée il égrène
Les grelots d'argent du muguet.

Sous l'herbe, pour que tu la cueilles,
Il met la fraise au teint vermeil,
Et te tresse un chapeau de feuilles
Pour te garantir du soleil.

Puis, lorsque sa besogne est faite,
Et que son règne va finir,
Au seuil d'avril tournant la tête,
Il dit : « Printemps, tu peux venir ! »

André Geissmann

1923-1992

Un jour je serais grande
et ma maison aussi
car je l'entends pousser
la nuit dans le secret.

Je n'aurais plus mon âge
et j'attendrais qu'on pense à moi
pour ne jamais revenir
dans le rêve de maintenant.

Mais quand je parle aujourd'hui
j'attends demain pour apprendre
que les choses ont un nom
et sont l'ombre de leurs joies.

Les poèmes c'est noir
mais ils vivent très loin
ils ont la force de boire aux sources.

Mais ils pourraient être roses
ou bien verts s'ils le voulaient
car ils parlent d'amour.

Mais l'amour c'est un souci
mal habillé et qui empêche
le grand sommeil d'exister.

C'est l'heure où
vont dormir les choses.
La ville a son bruit de nuit
et je marche dans la rue.

Bientôt sera demain
où s'éveilleront mes joies
qui tout un jour
accompagneront mon voyage.

Guy Goffette
né en 1947

À JEAN L'ANSELME

L'eau est si bleue
dans les poèmes
que seules les marges s'aperçoivent
qu'il est toujours midi moins une
l'heure du bain

JARDIN SECRET

J'ai trop marché disait-il
mes pieds sont en confiture
La nuit même je ne dors plus
car le trognon dans mon soulier
fait un piétinement de pommier

MATER OPERA DOLOROSA

à ma mère

D'un repas l'autre
et la semaine le dimanche
elle court après ses mains

Je les aurai la nuit dit-elle
je les rattraperai
mais la nuit les emporte
loin d'elle

Je les aurai un jour dit-elle
je les rattraperai
un jour qu'il fera noir
pour moi
un jour qu'il fera
outre-jour
et l'amour seul dira
si je les ai trouvées

Guillevic
1907-1997

BABIOLES

1

Ce n'est pas que l'horloge
Ait peur qu'on la déloge,

Mais elle veut trotter
Hors de l'éternité.

2

Ce n'est pas qu'un potiron
Soit poti comme il est rond,

Mais il ne sait pas lui-même
D'où vient son nom de baptême.

3

Ce n'est pas que le fraisier
Fasse dire qu'il y est,

Mais c'est qu'il montre les fruits
Que lui suggéra la nuit.

4

Ce n'est pas que le torrent
Ait peur de perdre son rang,

Mais s'il est impétueux,
Ce n'est pas selon ses vœux.

5

Ce n'est pas que le nuage
Ne rêve pas de l'orage,

Mais il sait que sa violence
Cassera son existence.

6

Ce n'est pas que le temps
Compte à chacun son temps,

Mais c'est qu'il faut du temps
Pour peser tant de temps.

7

Ce n'est pas que le hibou
N'en connaisse pas un bout,

Mais il veut garder pour lui
Tout le restant de la nuit.

8

Ce n'est pas que l'éléphant
Répugne à des jeux d'enfant,

Mais c'est que pour en jouer,
L'animal n'est pas doué.

9

Ce n'est pas que les chacals
Ne comptent pas de bancals,

Mais je n'en ai jamais vu,
Et pas de bancal non plus.

10

Ce n'est pas que tes yeux
À cette heure voient mieux,

Mais c'est qu'ils voient du pain
Alors que tu as faim.

11

Ce n'est pas que la journée
Ne soit pas encore née,

Mais pour qu'elle soit à toi,
Il faut inventer ses lois.

12

Ce n'est pas que l'hirondelle
Jamais ne se soucie d'elle,

Mais la vie est différente
Quand on peut vivre sans rente.

José-Maria de Heredia
1842-1905

LES CONQUÉRANTS

Comme un vol de gerfauts hors du charnier natal,
Fatigués de porter leurs misères hautaines,
De Palos de Moguer, routiers et capitaines
Partaient, ivres d'un rêve héroïque et brutal.

Ils allaient conquérir le fabuleux métal
Que Cipango mûrit dans ses mines lointaines,
Et les vents alizés inclinaient leurs antennes
Aux bords mystérieux du monde occidental.

Chaque soir, espérant des lendemains épiques,
L'azur phosphorescent de la mer des Tropiques
Enchantait leur sommeil d'un mirage doré ;

Ou, penchés à l'avant des blanches caravelles,
Ils regardaient monter en un ciel ignoré
Du fond de l'Océan des étoiles nouvelles.

Victor Hugo
1802-1885

Ô souvenir ! printemps ! aurore
Doux rayon triste et réchauffant !
– Lorsqu'elle était petite encore,
Que sa sœur était tout enfant… –

Connaissez-vous, sur la colline
Qui joint Montlignon à Saint-Leu,
Une terrasse qui s'incline
Entre un bois sombre et le ciel bleu ?

C'est là que nous vivions. – Pénètre,
Mon cœur, dans ce passé charmant ! –
Je l'entendais sous ma fenêtre
Jouer le matin doucement.

Elle courait dans la rosée,
Sans bruit, de peur de m'éveiller ;
Moi, je n'ouvrais pas ma croisée,
De peur de la faire envoler.

Ses frères riaient… – Aube pure !
Tout chantait sous ces frais berceaux,
Ma famille avec la nature,
Mes enfants avec les oiseaux !

Je toussais : on devenait brave.
Elle montait à petit pas,
Et me disait d'un air très grave :
– J'ai laissé les enfants en bas.

Qu'elle fût bien ou mal coiffée,
Que mon cœur fût triste ou joyeux.
Je l'admirais. C'était ma fée,
Et le doux astre de mes yeux !

Nous jouions toute la journée.
Ô jeux charmants ! chers entretiens !
Le soir, comme elle était l'aînée,
Elle me disait : – Père, viens !

Nous allons t'apporter ta chaise.
Conte-nous une histoire, dis ! –
Et je voyais rayonner d'aise
Tous ces regards du paradis.

Alors, prodiguant les carnages,
J'inventais un conte profond
Dont je trouvais les personnages
Parmi les ombres du plafond.

Toujours, ces quatre douces têtes
Riaient, comme à cet âge on rit,
De voir d'affreux géants très bêtes
Vaincus par des nains pleins d'esprit.

J'étais l'Arioste et l'Homère
D'un poème éclos d'un seul jet ;
Pendant que je parlais, leur mère
Les regardait rire, et songeait.

Leur aïeul, qui lisait dans l'ombre,
Sur eux parfois levait les yeux,
Et moi, par la fenêtre sombre,
J'entrevoyais un coin des cieux.

LORSQUE L'ENFANT PARAÎT

Lorsque l'enfant paraît, le cercle de famille
Applaudit à grands cris. Son doux regard qui brille
Fait briller tous les yeux,
Et les plus tristes fronts, les plus souillés peut-être,
Se dérident soudain à voir l'enfant paraître,
Innocent et joyeux.

Soit que juin ait verdi mon seuil, ou que novembre
Fasse autour d'un grand feu vacillant dans la chambre
Les chaises se toucher,
Quand l'enfant vient, la joie arrive et nous éclaire.
On rit, on se récrie, on l'appelle, et sa mère
Tremble à le voir marcher.

La nuit, quand l'homme dort, quand l'esprit rêve, à
[l'heure
Où l'on entend gémir, comme une voix qui pleure,
L'onde entre les roseaux,
Si l'aube tout à coup là-bas luit comme un phare,

Sa clarté dans les champs éveille une fanfare
De cloches et d'oiseaux.

Enfant, vous êtes l'aube et mon âme est la plaine
Qui des plus douces fleurs embaume son haleine
Quand vous la respirez ;
Mon âme est la forêt dont les sombres ramures
S'emplissent pour vous seul de suaves murmures
Et de rayons dorés !

Car vos beaux yeux sont pleins de douceurs in-
[finies,
Car vos petites mains, joyeuses et bénies,
N'ont point mal fait encor ;
Jamais vos jeunes pas n'ont touché notre fange,
Tête sacrée ! enfant aux cheveux blonds ! bel ange
À l'auréole d'or !

Vous êtes parmi nous la colombe de l'arche.
Vos pieds tendres et purs n'ont point l'âge où l'on
[marche,
Vos ailes sont d'azur.
Sans le comprendre encor vous regardez le monde.
Double virginité ! corps où rien n'est immonde,
Âme où rien n'est impur !

Il est si beau, l'enfant, avec son doux sourire,
Sa douce bonne foi, sa voix qui veut tout dire,
Ses pleurs vite apaisés,
Laissant errer sa vue étonnée et ravie,
Offrant de toutes parts sa jeune âme à la vie
Et sa bouche aux baisers !

Seigneur ! préservez-moi, préservez ceux que j'aime,
Frères, parents, amis, et mes ennemis même
    Dans le mal triomphants,
De jamais voir, Seigneur ! l'été sans fleurs vermeilles,
La cage sans oiseaux, la ruche sans abeilles,
    La maison sans enfants !

Georges Jean
né en 1920

CHEVAUCHÉE SIDÉRALE

À cheval sur ma fusée
Partons pour les galaxies
Cueillir des fleurs étoilées
Dans les nocturnes prairies

Adieu, les maisons, les prés
L'HLM et le verger !

À cheval sur ma fusée
Partons pour les nébuleuses
Cueillir des pommes dorées
Dans les régions ténébreuses.

Adieu, l'école et l'hiver
La rue, le chemin de fer !

À cheval sur ma fusée
Partons pour le fond du ciel
Cueillir la roue du soleil
Qui fabrique les années.

Adieu, les gens qui s'ennuient
Dans la peau couleur de suie !

À cheval sur ma fusée
Partons de l'autre côté
Cueillir des chansons nouvelles
Sur des arbres d'étincelles.

Adieu, les bruits, la poussière
Et les odeurs de la terre !

À cheval sur ma fusée
Partons vers la voie lactée
Cueillir songes et merveilles
Avec des joies sans pareilles.

Adieu, chagrins et douleurs
Mal de dents et mal de cœur !

À cheval…
mais attendez
J'en ai trop à raconter

On dira ce qu'on a vu
Quand on sera revenus !

LE TEMPS DES CONTES

S'il était encore une fois
Nous partirions à l'aventure,
Moi, je serais Robin des Bois,
Et toi tu mettrais ton armure.

Nous irions sur nos alezans
Animaux de belle prestance,
Nous serions armés jusqu'aux dents
Parcourant les forêts immenses.

S'il était encore une fois
Vers le Château des Contes bleus
Je serais le beau fils du Roi,
Et toi tu cracherais le feu.

Nous irions trouver Blanche-Neige
Dormant dans son cercueil de verre,
Nous pourrions croiser le cortège
De Malbrough revenant de guerre.

S'il était encore une fois
Au balcon de Monsieur Perrault,
Nous irions voir Ma Mère l'Oye
Qui me prendrait pour un héros.

Et je dirais à ces gens-là :
Moi qui suis allé dans la lune,
Moi qui vois ce qu'on ne voit pas
Quand la Télé le soir s'allume ;

Je vous le dis, vos fées, vos bêtes,
Font encore rêver mes copains
Et mon grand-père le poète
Quand nous marchons main dans la main.

BÊTES DE NUIT

Au milieu de la nuit
Le chat rêve aux souris.

Le chien songe qu'il ronge
Tous les os à la ronde.

L'araignée fait le guet
Au secret de ses rets.

Les insectes cachés
Grignotent le plancher.

La licorne et sa corne
À nos oreilles cornent,
Une étrange musique
Dans les pays magiques.

Et les bêtes du rêve
Dans nos têtes se lèvent
Et dans notre sommeil
Font mûrir le soleil !

Jean Joubert
né en 1928

L'ARBRE

Suis-je arbre pour qu'un lièvre
laissant les bois d'hiver
se blottisse à mes pieds ?
Je demeure immobile
sans battre des paupières
et les bêtes dociles
me prennent en pitié.
Mésange dans l'oreille,
abeille sous les cils,
dans la bouche de feuille
l'archange, l'écureuil.
Et près du cœur le ver
qui trace dans la nuit
son chemin de poussière.

LORSQU'UNE PIERRE SE BRISE

Lorsqu'une pierre se brise
lorsqu'une branche se fend,
lorsqu'une guêpe déchire
le cœur d'un fruit pourrissant,

lorsque s'ouvre une fissure
au mur des granges du vent,
lorsqu'une mince blessure
saigne aux lèvres d'un enfant,

c'est notre mort qui jaillit
de la secrète fêlure
tandis que tonne à midi
le grand vaisseau de lumière.

Daniel Lacotte
né en 1950

LE POÈTE

Il a des oiseaux plein la tête. Un soleil les fait chanter.
Un peu comme une abeille habite le printemps.
Ses mots, venus du cœur, sont sur toutes les lèvres.
Il veut parfaire et achever le monde qu'il se bâtit.

Parfois ses mots se cabrent
et défient les saisons.

Alors, ses vers enrobent l'espace et côtoient les oiseaux.
Un peu comme une abeille habite le printemps.

On l'avait sûrement gonflé
trop fort.
Un jour
la ficelle a craqué.

Depuis
le gros ballon jaune
tourne tourne
et tourne encore.

Chaque soir
à l'autre bout du ciel
la mer le porte
sur son dos.

Le soleil
se prend les rayons
dans les nuages
et
dégringole.

Rouge de honte
il se cache derrière
la terre.

Sur son échelle
le laveur de carreaux
retient les nuages
au bout de son balai.

Jean de La Fontaine
1621-1695

LE LIÈVRE ET LA TORTUE

Rien ne sert de courir il faut partir à point.
Le Lièvre et la Tortue en sont un témoignage.
« Gageons, dit celle-ci, que vous n'atteindrez point
Sitôt que moi ce but. – Sitôt ? Êtes-vous sage ?
    Repartit l'animal léger.
    Ma commère, il vous faut purger
    Avec quatre grains d'ellébore
– Sage ou non, je parie encore. »
    Ainsi fut fait, et de tous deux
    On mit près du but les enjeux :
    Savoir quoi, ce n'est pas l'affaire,
    Ni de quel juge l'on convint.
Notre Lièvre n'avait que quatre pas à faire,
J'entends de ceux qu'il fait lorsque, prêt d'être
[atteint,
Il s'éloigne des chiens, les renvoie aux calendes
    Et leur fait arpenter les landes.
Ayant, dis-je, du temps de reste pour brouter,
    Pour dormir, et pour écouter

D'où vient le vent, il laisse la Tortue
Aller son train de sénateur.
Elle part, elle s'évertue,
Elle se hâte avec lenteur.
Lui cependant méprise une telle victoire,
Tient la gageure à peu de gloire,
Croit qu'il y va de son honneur
De partir tard. Il broute, il se repose,
Il s'amuse à toute autre chose
Qu'à la gageure. À la fin quand il vit
Que l'autre touchait presque au bout de la carrière,
Il partit comme un trait ; mais les élans qu'il fit
Furent vains : la Tortue arriva la première.
« Eh bien ! lui cria-t-elle, avais-je pas raison ?
De quoi vous sert votre vitesse ?
Moi l'emporter ! et que serait-ce
Si vous portiez une maison ? »

LE CHÊNE ET LE ROSEAU

Le Chêne un jour dit au Roseau :
« Vous avez bien sujet d'accuser la nature ;
Un roitelet pour vous est un pesant fardeau ;
Le moindre vent qui d'aventure
Fait rider la face de l'eau,
Vous oblige à baisser la tête ;
Cependant que mon front, au Caucase pareil,
Non content d'arrêter les rayons du soleil,
Brave l'effort de la tempête.
Tout vous est aquilon, tout me semble zéphyr.
Encor si vous naissiez à l'abri du feuillage
Dont je couvre le voisinage,
Vous n'auriez pas tant à souffrir :
Je vous défendrais de l'orage ;
Mais vous naissez le plus souvent
Sur les humides bords des royaumes du vent.
La Nature envers vous me semble bien injuste.
– Votre compassion, lui répondit l'arbuste,
Part d'un bon naturel ; mais quittez ce souci :

Les vents me sont moins qu'à vous redoutables ;
Je plie, et ne romps pas. Vous avez jusqu'ici
Contre leurs coups épouvantables
Résisté sans courber le dos ;
Mais attendons la fin. » Comme il disait ces mots,
Du bout de l'horizon accourt avec furie
Le plus terrible des enfants
Que le Nord eût portés jusque-là dans ses flancs.
L'arbre tient bon ; le Roseau plie.
Le vent redouble ses efforts
Et fait si bien qu'il déracine
Celui de qui la tête au ciel était voisine
Et dont les pieds touchaient à l'empire des morts.

LA CIGALE ET LA FOURMI

La Cigale, ayant chanté
Tout l'été,
Se trouva fort dépourvue
Quand la bise fut venue :
Pas un seul petit morceau
De mouche ou de vermisseau.
Elle alla crier famine
Chez la Fourmi sa voisine,
La priant de lui prêter
Quelque grain pour subsister
Jusqu'à la saison nouvelle.
« Je vous paierai, lui dit-elle,
Avant l'août, foi d'animal,
Intérêt et principal. »
La Fourmi n'est pas prêteuse :
C'est là son moindre défaut.
« Que faisiez-vous au temps chaud ?
Dit-elle à cette emprunteuse.

– Nuit et jour à tout venant
Je chantais, ne vous déplaise.
– Vous chantiez ? j'en suis fort aise :
Eh bien ! dansez maintenant. »

LA LAITIÈRE ET LE POT AU LAIT

Perrette, sur sa tête ayant un pot au lait
　　Bien posé sur un coussinet,
Prétendait arriver sans encombre à la ville.
Légère et court vêtue, elle allait à grands pas,
Ayant mis ce jour-là, pour être plus agile,
　　Cotillon simple et souliers plats.
　　Notre laitière ainsi troussée
　　Comptait déjà dans sa pensée
Tout le prix de son lait, en employait l'argent ;
Achetait un cent d'œufs, faisait triple couvée :
La chose allait à bien par son soin diligent.
　　« Il m'est, disait-elle, facile
D'élever des poulets autour de ma maison ;
　　Le renard sera bien habile
S'il ne m'en laisse assez pour avoir un cochon.
Le porc à s'engraisser coûtera peu de son ;
Il était, quand je l'eus, de grosseur raisonnable :
J'aurai, le revendant, de l'argent bel et bon.
Et qui m'empêchera de mettre en notre étable,

Vu le prix dont il est, une vache et son veau,
Que je verrai sauter au milieu du troupeau ? »
Perrette là-dessus saute aussi, transportée.
Le lait tombe : adieu veau, vache, cochon, couvée !
La dame de ces biens, quittant d'un air marri
    Sa fortune ainsi répandue,
    Va s'excuser à son mari,
    En grand danger d'être battue.
    Le récit en farce en fut fait ;
    On l'appela *le Pot au lait*...

LE LOUP ET L'AGNEAU

La raison du plus fort est toujours la meilleure ;
Nous l'allons montrer tout à l'heure.

Un Agneau se désaltérait
Dans le courant d'une onde pure.
Un Loup survient à jeun, qui cherchait aventure.
Et que la faim en ces lieux attirait.
« Qui te rend si hardi de troubler mon breuvage ?
Dit cet animal plein de rage :
Tu seras châtié de ta témérité.
– Sire, répond l'Agneau, que Votre Majesté
Ne se mette pas en colère ;
Mais plutôt qu'elle considère
Que je me vas désaltérant
Dans le courant,
Plus de vingt pas au-dessous d'Elle :
Et que par conséquent, en aucune façon,
Je ne puis troubler sa boisson.
– Tu la troubles, reprit cette bête cruelle ;

Et je sais que de moi tu médis l'an passé.
– Comment l'aurais-je fait si je n'étais pas né ?
Reprit l'Agneau ; je tète encor ma mère.
– Si ce n'est toi c'est donc ton frère.
– Je n'en ai point. – C'est donc quelqu'un
[des tiens :
Car vous ne m'épargnez guère,
Vous, vos bergers et vos chiens.
On me l'a dit : il faut que je me venge. »
Là-dessus, au fond des forêts
Le Loup l'emporte, et puis le mange.
Sans autre forme de procès.

LE CORBEAU ET LE RENARD

Maître Corbeau, sur un arbre perché,
Tenait en son bec un fromage.
Maître Renard, par l'odeur alléché,
Lui tint à peu près ce langage :
« Hé ! bonjour, monsieur Du Corbeau.
Que vous êtes joli ! que vous me semblez beau !
Sans mentir, si votre ramage
Se rapporte à votre plumage,
Vous êtes le phénix des hôtes de ces bois. »
À ces mots le Corbeau ne se sent plus de joie :
Et, pour montrer sa belle voix,
Il ouvre un large bec, laisse tomber sa proie.
Le Renard s'en saisit et dit : « Mon bon monsieur,
Apprenez que tout flatteur
Vit aux dépens de celui qui l'écoute :
Cette leçon vaut bien un fromage, sans doute. »
Le Corbeau, honteux et confus,
Jura, mais un peu tard, qu'on ne l'y prendrait plus.

Jules Laforgue
1860-1887

COMPLAINTE DE LA LUNE EN PROVINCE

Ah ! la belle pleine Lune,
Grosse comme une fortune !

La retraite sonne au loin,
Un passant, monsieur l'adjoint ;

Un clavecin joue en face,
Un chat traverse la place !

La province qui s'endort !
Plaquant un dernier accord,

Le piano clôt sa fenêtre.
Quelle heure peut-il bien être ?

Calme Lune, quel exil !
Faut-il dire : ainsi soit-il ?

Lune, ô dilettante Lune,
À tous les climats commune,

Tu vis hier le Missouri,
Et les remparts de Paris,

Les fiords bleus de la Norvège,
Les pôles, les mers, que sais-je ?

Lune heureuse ! ainsi tu vois,
À cette heure, le convoi

De son voyage de noce !
Ils sont partis pour l'Écosse.

Quel panneau, si, cet hiver,
Elle eût pris au mot mes vers !

Lune, vagabonde Lune,
Faisons cause et mœurs communes ?

Ô riches nuits ! je me meurs,
La province dans le cœur !

Et la lune a, bonne vieille,
Du coton dans les oreilles.

LES APRÈS-MIDI D'AUTOMNE

Oh ! les après-midi solitaires d'automne !
Il neige à tout jamais. On tousse. On n'a personne.
Un piano voisin joue un air monotone ;
Et, songeant au passé béni, triste, on tisonne.

Comme la vie est triste ! Et triste aussi mon sort.
Seul, sans amour, sans gloire ! et la peur de la mort !
Et la peur de la vie, aussi ! Suis-je assez fort ?
Je voudrais être enfant, avoir ma mère encor.

Oui, celle dont on est le pauvre aimé, l'idole,
Celle qui, toujours prête, ici-bas nous console !...
Maman ! Maman ! oh ! comme à présent, loin de [tous,

Je mettrais follement mon front dans ses genoux,
Et je resterais là, sans dire une parole,
À pleurer jusqu'au soir, tant ce serait trop doux.

Alphonse de Lamartine
1790-1869

MILLY OU LA TERRE NATALE

Pourquoi le prononcer ce nom de la patrie ?
Dans son brillant exil mon cœur en a frémi ;
Il résonne de loin dans mon âme attendrie,
Comme les pas connus ou la voix d'un ami.

Montagnes que voilait le brouillard de l'automne,
Vallons que tapissait le givre du matin,
Saules dont l'émondeur effeuillait la couronne,
Vieilles tours que le soir dorait dans le lointain,

Murs noircis par les ans, coteaux, sentier rapide,
Fontaine où les pasteurs accroupis tour à tour
Attendaient goutte à goutte une eau rare et limpide,
Et, leur urne à la main, s'entretenaient du jour,

Chaumière où du foyer étincelait la flamme,
Toit que le pèlerin aimait à voir fumer,
Objets inanimés, avez-vous donc une âme
Qui s'attache à notre âme et la force d'aimer ?…

LA VIGNE ET LA MAISON

Efface ce séjour, ô Dieu ! de ma paupière,
Ou rends-le-moi semblable à celui d'autrefois,
Quand la maison vibrait comme un grand cœur de
[pierre
De tous ces cœurs joyeux qui battaient sous ses toits !

À l'heure où la rosée au soleil s'évapore,
Tous ces volets fermés s'ouvraient à sa chaleur,
Pour y laisser entrer, avec la tiède aurore,
Les nocturnes parfums de nos vignes en fleur.

On eût dit que ces murs respiraient comme un être
Des pampres réjouis la jeune exhalaison ;
La vie apparaissait rose, à chaque fenêtre,
Sous les beaux traits d'enfants nichés dans la maison.

Leurs blonds cheveux épars au vent de la montagne,
Les filles, se passant leurs deux mains sur les yeux,
Jetaient des cris de joie à l'écho des montagnes,
Ou sur leurs seins naissants croisaient leurs doigts
[pieux.

La mère, de sa couche à ces doux bruits levée,
Sur ces fronts inégaux se penchait tour à tour,
Comme la poule heureuse assemble sa couvée,
Leur apprenant les mots qui bénissent le jour.

Moins de balbutiements sortent du nid sonore,
Quand, au rayon d'été qui vient la réveiller,
L'hirondelle au plafond qui les abrite encore,
À ses petits sans plume apprend à gazouiller.

Et les bruits du foyer que l'aube fait renaître,
Les pas des serviteurs sur les degrés de bois,
Les aboiements du chien qui voit sortir son maître,
Le mendiant plaintif qui fait pleurer sa voix,

Montaient avec le jour ; et, dans les intervalles,
Sous des doigts de quinze ans répétant leur leçon,
Les claviers résonnaient ainsi que des cigales
Qui font tinter l'oreille au temps de la moisson !

Puis ces bruits d'année en année
Baissèrent d'une vie, hélas ! et d'une voix ;
Une fenêtre en deuil, à l'ombre condamnée,
Se ferma sous le bord des toits.

Printemps après printemps, de belles fiancées
Suivirent de chers ravisseurs,
Et par la mère en pleurs sur le seuil embrassées,
Partirent en baisant leurs sœurs.

Puis sortit un matin pour le champ où l'on pleure
Le cercueil tardif de l'aïeul,
Puis un autre, et puis deux ; et puis dans la demeure
Un vieillard morne resta seul !

Puis la maison glissa sur la pente rapide
   Où le temps entasse les jours;
Puis la porte à jamais se ferma sur le vide,
   Et l'ortie envahit les cours!...

Jean L'Anselme
né en 1919

LA LIBERTÉ

Quand on ouvre la porte
à un chien longtemps enfermé
On pense qu'il va rester sur le trottoir.
Mais il traverse la rue
et se fait écraser.

QUI VOLE UN ŒUF

Quand un éléphant écrase un homme, c'est plus visible que quand un homme écrase une puce. Et pourtant, il serait intéressant de savoir ce qu'en pensent les puces…

On s'écrase ainsi beaucoup les uns les autres de par le monde et jusque sur le devant de notre porte qu'on devrait bien balayer plus souvent.

LE CAILLOU

Un coin gardé jalousement par le silence. Un étang comme un miroir. Un ciel dedans. Et puis du temps qui passe, seule confidence.

Soudain un caillou qui tombe on ne sait comment. Le miroir est brisé. Les rides d'un frisson. Oh ! pour un instant – le temps d'un cri – et tout reprend son calme, sa place : l'eau, l'arbre, le ciel, le roseau et la grenouille hiératique. Le rêve est revenu.

Ce n'est pas vrai ; j'avais oublié le caillou au fond de l'étang.

LE LÉZARD

J'étais seul. Mon regard était prisonnier d'un mur blanc chaulé de frais.

Il y avait ce mur en plein soleil, chaud de tout ce soleil et blanc de tout ce soleil.

Il y avait le silence et le silence de mon regard et pas un souffle de vent.

Tout était en place pour que dans ce blanc, dans cette chaleur, dans ce silence, il y eut un lézard.

Il ne manquait que cette présence.

Mon regard figé l'attendit. Interminablement.

André Laude
1936-1995

Le Wrong-Wrong
ne dort jamais que d'un œil
l'autre travaille
en vérité ce n'est pas vrai
Il se contente de contempler
les arbres en train de compter
combien ils ont perdu de feuilles
depuis que la neige mitraille
les campagnes et les cités
depuis que les coqs se chamaillent
de clocher à clocher
depuis que les enfants bâillent
Sur leurs cahiers d'écoliers

Dans un hoquet
car il avait trop bu
Ludovic Perroquet
avoua tout au commissaire
« c'est moi qui ai imité
l'autre jour à la messe
la voix du petit Jésus
c'est moi et je le confesse
mais je ne puis jurer
de ne pas recommencer »

Kangourou farceur
où as-tu caché
ma trompette et ma fleur
mon stylo et mon encrier
mon piano mes clés
mes poireaux mes laitues
mon violon ma cravate
mes chaussures mes dattes
Ma concierge et ma rue
Kangourou farceur
réponds sans hésiter
réponds réponds réponds
« dans ma poche bien entendu
comme tous les Kangourous font
depuis que le monde est monde
depuis que la terre est ronde ! »

Leconte de Lisle
1818-1894

LA PANTHÈRE NOIRE

Une rose lueur s'épand par les nuées ;
L'horizon se dentelle, à l'Est, d'un vif éclair ;
Et le collier nocturne, en perles dénouées,
    S'égrène et tombe dans la mer.

Toute une part du ciel se vêt de molles flammes
Qu'il agrafe à son faîte étincelant et bleu,
Un pan traîne et rougit l'émeraude des lames
    D'une pluie aux gouttes de feu.

Des bambous éveillés où le vent bat des ailes,
Des letchis au fruit pourpre et des canneliers
Pétille la rosée en gerbes d'étincelles,
    Montent des bruits frais par milliers.

Et des monts et des bois, des fleurs, des hautes
[mousses,
Dans l'air tiède et subtil, brusquement dilaté,
S'épanouit un flot d'odeurs fortes et douces,
    Plein de fièvre et de volupté.

Par les sentiers perdus au creux des forêts vierges
Où l'herbe épaisse fume au soleil du matin ;
Le long des cours d'eau vive encaissés dans leurs
[berges,
Sous de verts arceaux de rotin ;

La reine de Java, la noire chasseresse,
Avec l'aube, revient au gîte où ses petits
Parmi les os luisants miaulent de détresse,
Les uns sous les autres blottis.

Inquiète, les yeux aigus comme des flèches,
Elle ondule, épiant l'ombre des rameaux lourds,
Quelques taches de sang, éparses, toutes fraîches,
Mouillent sa robe de velours.

Elle traîne après elle un reste de sa chasse,
Un quartier du beau cerf qu'elle a mangé la nuit ;
Et sur la mousse en fleur une effroyable trace
Rouge, et chaude encore, la suit.

Autour, les papillons et les fauves abeilles
Effleurent à l'envi son dos souple du vol ;
Les feuillages joyeux de leurs mille corbeilles
Sur ses pas parfument le sol.

Le python, du milieu d'un cactus écarlate,
Déroule son écaille, et, curieux témoin,
Par-dessus les buissons dressant sa tête plate,
La regarde passer de loin.

Sous la haute fougère elle glisse en silence,
Parmi les troncs moussus s'enfonce et disparaît.
Les bruits cessent, l'air brûle, et la lumière immense
Endort le ciel et la forêt.

LES ÉLÉPHANTS

Le sable rouge est comme une mer sans limite,
Et qui flambe, muette, affaissée en son lit,
Une ondulation immobile remplit
L'horizon aux vapeurs de cuivre où l'homme habite.

Nulle vie et nul bruit. Tous les lions repus
Dorment au fond de l'antre éloigné de cent lieues,
Et la girafe boit dans les fontaines bleues,
Là-bas, sous les dattiers des panthères connus.

Pas un oiseau ne passe en fouettant de son aile
L'air épais, où circule un immense soleil.
Parfois quelque boa, chauffé dans son sommeil,
Fait onduler son dos dont l'écaille étincelle.

Tel l'espace enflammé brûle sous les cieux clairs.
Mais, tandis que tout dort aux mornes solitudes,
Les éléphants rugueux, voyageurs lents et rudes,
Vont au pays natal à travers les déserts.

D'un point de l'horizon, comme des masses brunes,
Ils viennent, soulevant la poussière, et l'on voit,
Pour ne point dévier du chemin le plus droit,
Sous leur pied large et sûr crouler au loin les dunes.

Celui qui tient la tête est un vieux chef. Son corps
Est gercé comme un tronc que le temps ronge et
[mine ;
Sa tête est comme un roc, et l'arc de son échine
Se voûte puissamment à ses moindres efforts.

Sans ralentir jamais et sans hâter sa marche,
Il guide au but certain ses compagnons poudreux ;
Et, creusant par-derrière un sillon sablonneux,
Les pèlerins massifs suivent leur patriarche.

L'oreille en éventail, la trompe entre les dents,
Ils cheminent, l'œil clos. Leur ventre bat et fume,
Et leur sueur dans l'air embrasé monte en brume ;
Et bourdonnent autour mille insectes ardents.

Mais qu'importent la soif et la mouche vorace,
Et le soleil cuisant leur dos noir et plissé ?
Ils rêvent en marchant du pays délaissé,
Des forêts de figuiers où s'abrita leur race.

Ils reverront le fleuve échappé des grands monts,
Où nage en mugissant l'hippopotame énorme,
Où blanchis par la lune et projetant leur forme,
Ils descendaient pour boire en écrasant les joncs.

Aussi, pleins de courage et de lenteur, ils passent
Comme une ligne noire, au sable illimité ;
Et le désert reprend son immobilité
Quand les lourds voyageurs à l'horizon s'effacent.

Gérard Le Gouic

né en 1936

Les bateaux en bouteille
sentent encor la mer,
le vent et le soleil
dans leur étrave de bouchon.

Les bateaux en bouteille
d'île en île encor vont
et dans leurs voiles veille
une vigie en fil de plomb.

De leur buffet ciré
les bateaux en bouteille
n'appareilleront plus
vers des escales pour abeilles.

Nous aurons alors beau
secouer, renverser
leur océan de verre,
le temps ne remplira
jamais que des boussoles vides.

Je les retrouverai les yeux fermés
les chemins de mon enfance
qui s'échappaient du bourg
comme les rubans d'un chapeau.

Je sens d'ici l'odeur de leurs ornières,
des feuilles pourrissantes,
des fougères craquantes,
l'odeur paresseuse des chevaux
et de la graisse pour les essieux.

J'entends aussi les merles
dans le fou rire de leur fuite,
les ruisseaux qui serpentent à saute-mouton
sous le préau des arbres.

Je les retrouverai de même
les chemins immuables
qui tournent le dos à la mer
mais qui toujours me ramèneront
vers les feuillus océans.

Charles Le Quintrec
né en 1926

LE TRAIN

Le train ramène le rêveur
Dans un autre monde affolé
Le train ne s'écarte jamais
De la voix prudente des pleurs
L'homme et l'enfant réconciliés
Cueillent le parfum d'une fleur
Et tourne la terre à bonheur
Entre deux deltas de fumée.

Le train des mémoires mortelles
Des joyeux enfants de la rue
Le train de tous ceux qui se prennent
Pour des découvreurs d'inconnu
Le train siffle et c'est le salut.

Tu veux aller dans le train bleu
Jusqu'au bout de ce long voyage
C'est le dernier, le plus sauvage
La nuit défile avec les haies
Et le sommeil vient à regret.

Puisque ton cœur est le plus fort
Je lance le vent sur la ville
Et le train des vieilles comptines
Poussif un peu sur les collines
Veille sur toi dès que tu dors.

LE FURET

Effrayé, le furet sous la souche d'un chêne
Regarde passer des milans dans le lointain
Reconnaît à l'odeur l'aube frottée d'abeilles
Un bruit d'astres parmi les arbres lui parvient
Depuis combien de temps ce furet de finesse
Interroge le jour en toute graminée
Et s'en va le museau au ras de la rosée
Mordre le matin nu sous les fils de la vierge ?

LA PLUIE

La pluie se prépare au déluge
Torches de ciel s'en sont mêlées
Bois revêtus d'étranges housses
Terreur de leurs branches brisées
Je les invente au pas de course.

Ô quelle étrange mécanique
Ouvre le ciel aux sangliers ?
Loups et renards se précipitent
Blaireaux de même, en vérité !
La forêt boit la pluie torride
Que c'était beau, l'apocalypse !

La pluie se prépare au déluge
Et le ciel craque sans un cri
Bois revêtus d'étranges housses
Riches d'oiseaux à l'infini

Le verbe amour fait que la pluie
Me donne songerie plus douce.

MEUNIER

Le pain rond, le pain blanc
Le pain noir couleur du temps.

Meunier, dis-moi, meunier, quel arbre se soulève
Et repousse la roue et redresse le rêve
Et sépare d'instinct le son de la farine
Dis-moi que chantes-tu à l'heure du jusant
Quand le soleil ajoute une fleur à ton chant
Et que le crépuscule y met une sourdine ?

Le pain noir le pain blanc
Le pain couleur de mon sang.

Il faut le partager aux hommes qui ont faim
Il faut souffler dessus pour rassasier le monde
L'amour tient tout entier dans un morceau de pain
Et l'amour multiplie l'amour qui le féconde.

Greniers à grains quelle promesse
Je tends la main à la pauvresse
Je tends la main
J'écoute quelque part grandir le goût du pain.

Brigitte Level
(contemporaine)

LE RAT DE RABAT

Lorsque le gros rat de Rabat
Au beau milieu de la casbah
Apparaît avec son cabas,
Tout le monde en reste baba.

LE RENARD
DU GRAND SAINT-BERNARD

Le renard du Grand Saint-Bernard
Est tombé dans un traquenard :
Il comptait croquer un canard
Et n'aura qu'un plat d'épinard.

L'OISEAU BLEU DE BARBEZIEUX

Quand l'oiseau bleu de Barbezieux
Chante son chant mélodieux,
Nous restons tous silencieux
Et de nos soucis oublieux

L'ORANG-OUTANG DE BARBOTAN

L'orang-outang de Barbotan
Ne fut jamais qu'un charlatan :
Il faisait toujours l'important
Et se prenait pour un sultan.

LE JAGUAR DU GARD

Un jaguar perdu dans le Gard
Aurait voulu prendre le car
Qui venait de Madagascar,
Et l'attendait, d'un air hagard.

LA JUMENT DE MONT-DE-MARSAN

La jument de Mont-de-Marsan
Allongeait le pas en marchant
Et pensait très naïvement
Gagner une course à Longchamp.

Michel Luneau
né en 1934

LE LAPIN DE SEPTEMBRE

En septembre,
Tous les ans,
Un petit lapin frappe à la porte de ma chambre.
– C'est l'ouverture de la chasse !
– Et tu crains que l'on te fricasse !
– Puis-je entrer dans ton potager ?
– Oui, mais sans rien déranger !

Mais à chaque fin de saison,
C'est toujours la même chanson
Il a mangé mes salades,
Mes carottes, mon oseille…
J'en suis malade.
Je lui tire les oreilles.
Il me regarde transi
De peur
Et me dit :
– Aurais-tu le cœur
D'acheter un fusil ?

LE MIROIR ET LA PETITE FILLE

Le miroir a plus de cent ans.
Sa peau de glace est tachetée
Comme le front ridé des vieilles.
– Petite fille magique,
Dit le miroir,
Peux-tu me rendre ma jeunesse ?
– Excusez-moi, dit la petite fille,
Vous devez faire erreur.
Dans mon pays,
Ce sont les miroirs qui sont magiques.
Je ne peux rien pour votre jeunesse,
Mais j'aimerais bien devenir princesse.

À VOL D'OISEAU

Où va-t-il, l'oiseau sur la mer ?
Il vole, il vole…
A-t-il au moins une boussole ?

Si un coup de vent
Lui rabat les ailes,
Il tombera dans l'eau
Et ne sait pas nager.

Et que va-t-il manger ?
Et si ses forces l'abandonnent,
Qui le secourra ? Personne.

Pourvu qu'il aperçoive à temps
Une petite crique !
C'est tellement loin, l'Amérique…

Jean-Hugues Malineau
né en 1945

QUATRE CHAMPIGNONS

La lépiote élevée ou coulemelle
Bien el'vée
la lépiote ?
Nom d'un pt'it bonhomme
grain'de mycelium !
il y faut
plus de flotte,
plus de flotte
pas de calottes
et la petiote damoiselle
deviendra grande coulemelle

LE CHAMPIGNON DE PARIS

Le champignon de Paris
fit du spore aux Batignolles
des z'haltères à Missouri
de la buée dans la cass'role
un chapeau pour la lot'rie
par mes lamelles quoiqu'il sorte
il n'est bon bec que de Paris

GIROLLE OU CHANTERELLE

Quoi que mangent les chanterelles
pour odorer si bon si bon ?
Est-ce du miel ou des lardons ?
C'est peut-être des coccinelles
des airelles ou des bonbons ?
Mais de quoi se nourrissent-elles
pour être d'or ou de citron ?
« Je sais, c'est des pissenlits !
– Non merci, dit la chanterelle,
Pour moi ce s'ra un verre de pluie
avec un peu de caramel
doré au soleil de midi. »

Gabrielle Marquet
née en 1927

LE LÉZARD VERT

Dur
le cœur au cou
beau comme une feuille
il déglutit la lumière.

On dit sur lui des choses
qu'il mord comme un hameçon
et ne peut lâcher
ni étoffe ni chair.

Sur le mur aigre
le lézard vert
s'effarouche seulement
de ce qui lui remue
son soleil.

L'OIGNON

L'imperméable de taffetas roux
craque en tournant
sur la mappemonde de sucs.

Le quadruple, quintuple blindage
a deviné l'hiver.
Il emmitouffle le futur
qui crachera la graine.

Pourfend l'oignon frileux
viole la stricte casemate.

Grimace et pleure amer
avant la fricassée.

Tu gagneras ta soupe
à la sueur de ton œil.

Pierre Menanteau
1895-1992

NUIT ÉTOILÉE

Sachant qu'il n'est pas dans la lune
Âme qui vive au grand hunier,
Je me demande : En est-il une,
Dans ce ciel qu'on voit fourmiller ?

J'aimerais qu'une âme stellaire,
Voyant tout en bas clignoter

Le bleu du globe de la terre,
se demande : Est-il habité ?

L'ÂGE DE LA MER

La mer ressemble aux vieilles gens
Qui se répètent très souvent.

C'est surtout dans les mois d'été
Qu'elle se met à rabâcher.

Elle dit l'heure de la plage,
Elle dit l'heure du bronzage,

Elle dit : je monte, je baisse,
Elle parle, parle sans cesse

Et fait de l'écume en parlant,
Et malgré tout on s'émerveille

Qu'elle soit jeune étant si vieille :
Ses rides lui viennent du vent.

LE ROITELET

Pour les choses très fines
que le regard devine
un peu mieux quand le froid
aiguise les épines,

Pour tout ce qui s'enfonce
et cherche la réponse
infime d'une voix :
il faut un petit roi.

Il faut un petit roi
qui vous dise à voix basse :
non il n'est pas d'espace
qui n'ait en bas sa loi
de tendresse et de grâce.

Et même si la croix
de quelque dur rapace
se jette sur la voix,

qu’une autre la remplace !
Il faut un petit roi
sans or ni palefroi,

Il faut un petit roi.

LA NUIT ET LE JOUR

Qui tient le soleil
Tient aussi la lune
Avec les étoiles
Et l'obscurité.

Qui c'est qui a mis
Les petit's chandelles ?
Demanda l'enfant
Que tenaient mes bras.

Les yeux grands ouverts
Écartaient le sable,
La carte du ciel
Allumait ses feux.

AINSI FONT, FONT, FONT…

Les oiseaux chantent tous les jours,
On les entend mieux le dimanche.

Avec une main dans la manche
Les marionnettes font trois tours.

Lorsque les jours seront plus courts,
Qu'un petit tour supplémentaire

Les fasse chanter sur la terre,
Ces beaux dimanches de nos jours !

Jacques Meunier
né en 1941

COMPTINE
POUR LES ENFANTS INSOMNIAQUES

Mode d'emploi :

Comptez ce mouton
autant de fois qu'il faudra
ajoutez-le à lui-même
divisez-le par trois
photocopiez-le
découpez-le
mettez-le en puzzle ou en méchoui
faites-le mijoter longtemps
longtemps
avant de le faire revenir dans la prairie
où sont ses petits frères
endormis

POÈME POPULAIRE

Le tonneau
tonnelier
a eu le coup de foudre
pour
la jardi
jardinière
quel pot
quel poème

POÈME SCIENTIFIQUE

Il y a deux sortes de boomerangs
celui qui part et celui qui revient
il y a deux sortes de yo-yo
celui qui monte et celui qui descend
c'est pourquoi
la greffe des uns sur les autres
n'a jamais donné de résultats probants

POÈME BREVETÉ

Aux gens
des climats incertains ou
fantasques
aux étourdis
qui oublient que le temps est variable
aux optimistes
qui ignorent la giboulée et le brouillard
aux météorologues ignares
je conseille uniment
le parapluie muni d'un pare-soleil
ou la crème à bronzer
imperméable

François Montmaneix
né en 1938

Entends ce bruit qui nous précède
Dis-moi Tu es ici ? Pourquoi ?
La nuit viendra il faut faire vite
ouvre la porte elle a ton âge
le vent laissons-le entrer
il accompagnera nos chemins
afin qu'au soir après les pluies
l'automne embaume le ciel clair
brûlant de feuilles mortes
et qu'une ultime alouette
écrive un peu de notre vie
avec cette fumée remplie d'enfants
aux yeux rougis par l'école

Jeanine Moulin
1912-1998

SI J'ÉTAIS PAILLE

Si j'étais paille,
je me ferais lit pour les amours champêtres
ou toit à être emporté par le vent.
Ou encore, mannequin
à faire sauter et retomber, sans que cela fasse mal,
sur la toile rude de la vie.
Si j'étais paille, je me ferais chapeau
à mettre sur la tête du soleil
pour lui éviter les coups de lune
qui finiront par le rendre chauve.

Alfred de Musset
1810-1857

TRISTESSE

J'ai perdu ma force et ma vie,
Et mes amis et ma gaîté ;
J'ai perdu jusqu'à la fierté
Qui faisait croire à mon génie.

Quand j'ai connu la Vérité,
J'ai cru que c'était une amie ;
Quand je l'ai comprise et sentie,
J'en étais déjà dégoûté.

Et pourtant elle est éternelle,
Et ceux qui se sont passés d'elle
Ici-bas ont tout ignoré.

Dieu parle, il faut qu'on lui réponde.
Le seul bien qui me reste au monde
Est d'avoir quelquefois pleuré.

Gérard de Nerval
1809-1855

LES PAPILLONS

I

De toutes les belles choses
Qui nous manquent en hiver,
Qu'aimez-vous mieux ? – Moi, les roses ;
– Moi, l'aspect d'un beau pré vert ;
– Moi, la moisson blondissante,
Chevelure des sillons ;
– Moi, le rossignol qui chante ;
– Et moi, les beaux papillons !

Le papillon, fleur sans tige,
  Qui voltige,
Que l'on cueille en un réseau ;
Dans la nature infinie,
  Harmonie
Entre la plante et l'oiseau !...

Quand revient l'été superbe,
Je m'en vais au bois tout seul :

Je m'étends dans la grande herbe,
Perdu dans ce vert linceul.
Sur ma tête renversée,
Là, chacun d'eux à son tour,
Passe comme une pensée
De poésie ou d'amour !
  Voici le papillon *faune*,
    Noir et jaune ;
Voici le *mars* azuré,
Agitant des étincelles
  Sur ses ailes
D'un velours riche et moiré.

Voici le *vulcain* rapide,
Qui vole comme un oiseau :
Son aile noire et splendide
Porte un grand ruban ponceau.
Dieux ! le *soufré*, dans l'espace,
Comme un éclair a relui…
Mais le joyeux *nacré* passe,
Et je ne vois plus que lui !

II

Comme un éventail de soie,
  Il déploie
Son manteau semé d'argent ;
Et sa robe bigarrée
  Est dorée
D'un or verdâtre et changeant.

Voici le *machaon-zèbre*,
De fauve et de noir rayé ;

Le *deuil*, en habit funèbre,
Et le *miroir* bleu strié ;
Voici l'*argus*, feuille-morte,
Le *morio*, le *grand-bleu*,
Et le *paon-de-jour* qui porte
Sur chaque aile un œil de feu !
Mais le soir brunit nos plaines ;
  Les *phalènes*
Prennent leur essor bruyant,
Et les *sphinx* aux couleurs sombres,
  Dans les ombres
Voltigent en tournoyant.

C'est le *grand-paon* à l'œil rose
Dessiné sur un fond gris,
Qui ne vole qu'à nuit close,
Comme les chauves-souris ;
Le *bombice* du troène,
Rayé de jaune et de vert,
Et le *papillon du chêne*
Qui ne meurt pas en hiver !…

Voici le *sphinx* à la tête
  De squelette,
Peinte en blanc sur un fond noir,
Que le villageois redoute,
  Sur sa route,
De voir voltiger le soir.

Je hais aussi les *phalènes*,
Sombres hôtes de la nuit,
Qui voltigent dans nos plaines

De sept heures à minuit ;
Mais vous, papillons que j'aime,
Légers papillons de jour,
Tout en vous est un emblème
De poésie et d'amour !

III

Malheur, papillons que j'aime,
   Doux emblème,
À vous pour votre beauté !...
Un doigt, de votre corsage,
   Au passage,
Froisse, hélas ! le velouté !...

Une toute jeune fille
Au cœur tendre, au doux souris,
Perçant vos cœurs d'une aiguille,
Vous contemple, l'œil surpris :
Et vos pattes sont coupées
Par l'ongle blanc qui les mord,
Et vos antennes crispées
Dans les douleurs de la mort !...

DANS LES BOIS

Au printemps l'Oiseau naît et chante :
N'avez-vous pas ouï sa voix ?...
Elle est pure, simple et touchante,
La voix de l'Oiseau – dans les bois !

L'été, l'Oiseau cherche l'Oiselle ;
Il aime – et n'aime qu'une fois !
Qu'il est doux, paisible et fidèle,
Le nid de l'Oiseau – dans les bois !

Puis quand vient l'automne brumeuse,
Il se tait... avant les temps froids.
Hélas ! qu'elle doit être heureuse
La mort de l'Oiseau – dans les bois !

LA COUSINE

L'hiver a ses plaisirs ; et souvent, le dimanche
Quand un peu de soleil jaunit la terre blanche,
Avec une cousine on sort se promener…
– Et ne vous faites pas attendre pour dîner,

Dit la mère. Et quand on a bien, aux Tuileries,
Vu sous les arbres noirs les toilettes fleuries,
La jeune fille a froid… et vous fait observer
Que le brouillard du soir commence à se lever.

Et l'on revient, parlant du beau jour qu'on regrette,
Qui s'est passé si vite… et de flamme discrète :
Et l'on sent en rentrant, avec grand appétit,
Du bas de l'escalier, – le dindon qui rôtit.

Norge
1898-1990

LE BATTEUR

Alex est un diable d'homme :
Il bat sa femme et son chien
Et c'est pour qu'on l'aime bien.
Afin d'avoir plus de pommes,
Il bat même ses pommiers.
Il battrait les petits pois
Si ça leur donnait du poids
Il fait battre ses étangs
Et jusqu'à les assommer
Pour que les carpes grandissent.
Car il n'est pas bête, Alex,
Tirant même de la peau
D'une puce une pelisse
Et se faisant un chapeau
D'un vieil accent circonflexe.

Il se bat aussi les flancs,
Il se les bat comme quatre
Pour savoir ce qu'il doit battre.

Il se les bat tant et tant
Que d'avoir si fort battu,
Son cœur, hélas, ne bat plus.

Après les coups qu'on a dits,
Il tire encor sa rapière…
Voudrait-il battre Saint-Pierre
Pour entrer au Paradis ?

GROS-JEAN

Gros-Jean veut aller dans la lune.
Il s'assied dans la longue prune
Qui s'envole comme un tonnerre
En crachant du feu par-derrière.

C'était par un jour de bon vent.

Gros-Jean arrive sur la lune,
Il ramasse deux ou trois pierres,
Un peu de sable de la dune
Et revient vite sur la terre,

Revient Gros-Jean comme devant.

René de Obaldia
né en 1918

MOI J'IRAI DANS LA LUNE...

Moi, j'irai dans la lune
Avec des petits pois,
Quelques mots de fortune
Et Blanquette, mon oie.

Nous dormirons là-haut
Un p'tit peu de guingois
Au grand pays du froid
Où l'on voit des bateaux
Retenus par le dos.

Bateaux de brise-bise
Dont les ailes sont prises
Dans de vastes banquises.

Et des messieurs sans os
Remontent des phonos.

Blanquette sur mon cœur
M'avertira de l'heure :

Elle mange des pois
Tous les premiers du mois,

Elle claque du bec
Tous les minuits moins sept.

Oui, j'irai dans la lune !
J'y suis déjà allé
Une main dans la brume
M'a donné la fessée.

C'est la main de grand'mère
Morte l'année dernière.
(La main de mon Papa
Aime bien trop les draps !)

Oui, j'irai dans la lune,
Je vais recommencer.
Cette fois en cachette
En tenant mes souliers.

Pas besoin de fusée
Ni de toute une armée
Je monte sur Blanquette
Hop ! on est arrivé !

Jean Orizet
né en 1937

LETTRE AU MAGICIEN

Tu auras de la craie pour dessiner mes fuites
sur l'horizon poudreux qu'enflamme un cavalier
Viens, je t'attends.

Tu auras de la mousse à calfeutrer les vides
au cœur de mon cerveau en plein hibernation.
Viens, je t'attends.

Tu auras un nuage où le ciel s'emmitoufle
Quand il veut adoucir un soleil trop brûlant
Viens, je t'attends.

En compagnie de mes licornes familières
et pour aller chasser le dragon ou la puce
Viens, je t'attends.

ÉRABLE

Frémissant coffre-fort, cet érable
détient la richesse précaire, fruit
de toute une saison.

Plus que le soleil, il éclaire le mur gris
de Toussaint, fait l'aumône de son or
aux pelouses.

Des étourneaux éblouis ont appelé
le soir à la rescousse.

DIMANCHE PAISIBLE

Sous mes paupières, quelques oiseaux volent leur nid au soleil. J'explore des volcans bleu-mauve, fleurettes sur la peau d'un pré.

De ce côté-ci de la clôture, les enfants nomment l'avion long-courrier qui entame sa procédure d'approche. De l'autre côté, une vache du troupeau broute, mêlé à l'herbe, ce même avion tombé moustique.

Nous sommes un dimanche paisible par l'autorité du coucou.

MA MAISON

Je vis en un cloître de feuilles
qui le sculptent au hasard des vents.
Les saisons gravent sur ses murs
des couleurs à goût de légende.
Mésanges et libellules
en sont les veilleurs attentifs.
Chaque ouverture est défendue
par une toile d'araignée.

Pour entrer dans ce lieu secret
il faut être brume ou rosée,
pic-vert, hérisson, campagnol
ou taupe qui fouit en silence.
On y observe quelquefois
la chute adoucie d'un nuage,
signe avant-coureur de l'hiver
qui vient trop tard ou bien trop tôt.

Charles d'Orléans
1391-1465

RONDEAUX

Le temps a laissé son manteau
De vent, de froidure et de pluie,
Et s'est vêtu de broderie,
De soleil luisant, clair et beau.

Il n'y a bête ni oiseau
Qu'en son jargon ne chante ou crie :
Le temps a laissé son manteau
De vent, de froidure et de pluie.

Rivière, fontaine et ruisseau
Portent, en parure jolie,
Gouttes d'argent d'orfèvrerie ;
Chacun s'habille de nouveau :
Le temps a laissé son manteau.

Hiver, vous n'êtes qu'un vilain.
Été est plaisant et gentil :
En témoignent Mai et Avril
Qui l'escortent soir et matin.

Été revêt champs, bois et fleurs
De son pavillon de verdure
Et de maintes autres couleurs
Par l'ordonnance dc Nature.

Mais vous, Hiver, trop êtes plein
De neige, vent, pluie et grésil ;
On vous doit bannir en exil !
Sans point flatter, je parle plain :
Hiver, vous n'êtes qu'un vilain.

Christian Poslaniec

né en 1944

MA COLLECTION

Tous les baisers
Qu'on m'a donnés
Toutes les bulles de tendresse
et tous mes colliers de caresses
j'en fais la collection…

Peut-être il poussera
Des forêts d'arbres à bises
Des buissons tendres de murmures
Un hérisson aux doigts très doux
Lorsque je sèmerai
Ma collection, en mai !

Tous les baisers
Qu'on m'a donnés
Toutes les bulles de tendresse
et tous mes colliers de caresses
Je les garde bien au doux
dans un beau coffret à bisous

CARMAGNOLE

Je voudrais bien te dire
Mon enfant d'aujourd'hui
que j'ai peur de tes jouets
qui marchent, télévirent
et crachent des boulets.
Je crains qu'un jour, bientôt,
tes autos jouent sans toi,
tes poupées s'amusent entre elles.

Et tu resteras là,
dans un coin, le cœur gros,
à les regarder jouer,
électriques et glacés.
Et puis tu rouilleras
Comme un jouet d'autrefois
longtemps abandonné,
le ressort cassé,
le cœur froid.

DEVENIR ÎLE

À force de glisser
à plat dos, sur les vagues,
je me suis endormi.

Ce qui m'a réveillé ?
Plein d'petits crustacés
croustillant sur mes pieds ;
des myriades d'oiseaux
chahutant mon museau ;
des algues caressantes
rampant dessus mon ventre ;
et le vent bousculant
le berceau de mes dents.

LES SOURIS DU PRINTEMPS

L'homme entre chez le marchand d'oiseaux, d'hamsters et d'asticots et l'ombre des barreaux danse sur sa figure : les barreaux fins des cages pleines.

Et le soleil, dans un grand ciel en liberté, caresse la vitrine qui devient rose de plaisir.

L'homme fait quelques pas et s'accroupit soudain devant quatre souris blanches comme le lait du matin. « Comme elles sont mignonnes, comme elles sont gentilles, j'en achèterais bien pour éclairer ma vie ! » se dit l'homme qui sourit dans le creux de sa tête.

Mais l'ombre des barreaux passe dans ses pupilles et le soleil, dehors, fait le fou, fait la fête... Alors l'homme s'éloigne des quatre blanches bêtes, des seize blanches pattes.

Le marchand, empressé : « Monsieur ? Vous désirez ? » Soudain l'homme rougit car il s'est rappelé pourquoi il est entré chez le marchand d'oiseaux, d'hamsters et d'asticots.

« Je voudrais… acheter… des tapettes à souris… pour attraper les bêtes de chez moi qui rongent l'escalier menant dans le grenier où je mets les vieux rêves quand ils sont trop usés. »

Henri de Régnier
1864-1936

ODELETTE

Un petit roseau m'a suffi
Pour faire frémir l'herbe haute
Et tout le pré
Et les doux saules
Et le ruisseau qui chante aussi ;
Un petit roseau m'a suffi
À faire chanter la forêt.

Ceux qui passent l'ont entendu
Au fond du soir, en leurs pensées,
Dans le silence et dans le vent,
Clair ou perdu,
Proche ou lointain…
Ceux qui passent en leurs pensées
En écoutant, au fond d'eux-mêmes,
L'entendront encore et l'entendent
Toujours qui chante.

Il m'a suffi
De ce petit roseau cueilli

À la fontaine où vint l'Amour
Mirer, un jour,
Sa face grave
Et qui pleurait,
Pour faire pleurer ceux qui passent

Et trembler l'herbe et frémir l'eau ;
Et j'ai, du souffle d'un roseau,
Fait chanter toute la forêt.

LE JARDIN MOUILLÉ

La croisée est ouverte ; il pleut
Comme minutieusement,
À petit bruit et peu à peu,
Sur le jardin frais et dormant.

Feuille à feuille, la pluie éveille
L'arbre poudreux qu'elle verdit ;
Au mur, on dirait que la treille
S'étire d'un geste engourdi.

L'herbe frémit, le gravier tiède
Crépite et l'on croirait là-bas
Entendre sur le sable et l'herbe
Comme d'imperceptibles pas.

Le jardin chuchote et tressaille,
Furtif et confidentiel ;
L'averse semble maille à maille
Tisser la terre avec le ciel.

Il pleut, et les yeux clos, j'écoute,
De toute sa pluie à la fois,
Le jardin mouillé qui s'égoutte
Dans l'ombre que j'ai faite en moi.

Jean-Claude Renard
1922-2000

À qui révéler que tu rêves
  d'être cosmonaute ?
À qui prédire quelles grèves
  attendent leurs hôtes ?
À qui chuchoter en cachette
  où est ton royaume ?
À qui annoncer que ses fêtes
  ont l'odeur des baumes ?
À qui confier que tu chantes
  pour des îles neuves ?
À qui raconter qu'elles hantent
  tes mers et tes fleuves ?

Le train file
sur des rails fins
comme un fil de lin.

Le train siffle
dans le vent blanc
comme un pélican.

Le train rêve
sous le ciel vert
comme une île en mer.
Qui est-ce qui luit
le jour et la nuit ?

Qui est-ce qui voit
l'envers et l'endroit ?
Qui est-ce qui sait
plus que tout secret ?

– C’est cet enchanteur
(ce sourcier sorcier,
ce feu, ce glacier)
qu’est l’ordinateur !

Si le coq chante vers la pluie
– noix de coco, coquelicots –
tu glaneras des escargots.

Si le coq chante vers le nord
– noix de coco, coquelicots –
tu trouveras l'Eldorado.

Mais si le coq ne chante pas
– noix de coco, noix de cola –
tu n'auras que des haricots !

Qu'imagines-tu dans ton lit ?

– De deviner, de descendre
où vivent les salamandres.

Qu'imagines-tu dans ton nid ?

– De voler, de voyager
vers l'étoile du Berger.

Roulent, roulent, roulent
ces v, ces vélos
entre les bouleaux !

Tournent, tournent, tournent
ces mots, ces motos
autour des enclos !

Courent, courent, courent
ces eaux, ces autos
vers l'eldorado !

Filent, filent, filent
ces mets, ces métros
au Trocadéro !

Voguent, voguent, voguent
ces bas, ces bateaux
d'îlots en îlots !

Volent, volent, volent
ces a, ces avions
par-dessus les monts !

Fusent, fusent, fusent
ces fûts, ces fusées
dans les Voies lactées !

Arthur Rimbaud
1854-1891

LE BUFFET

C'est un large buffet sculpté ; le chêne sombre,
Très vieux, a pris cet air si bon des vieilles gens ;
Le buffet est ouvert, et verse dans son ombre
Comme un flot de vin vieux, des parfums
[engageants ;

Tout plein, c'est un fouillis de vieilles vieilleries,
De linges odorants et jaunes, de chiffons
De femmes ou d'enfants, de dentelles flétries,
De fichus de grand'mère où sont peints des griffons ;

– C'est là qu'on trouverait les médaillons, les mèches
De cheveux blancs ou blonds, les portraits, les fleurs
[sèches
Dont le parfum se mêle à des parfums de fruits.

– Ô buffet du vieux temps, tu sais bien des histoires,
Et tu voudrais conter tes contes, et tu bruis
Quand s'ouvrent lentement tes grandes portes noires.

MA BOHÈME

(Fantaisie)

Je m'en allais, les poings dans mes poches crevées ;
Mon paletot aussi devenait idéal ;
J'allais sous le ciel, Muse ! et j'étais ton féal ;
Oh ! là là ! que d'amours splendides j'ai rêvées !

Mon unique culotte avait un large trou.
– Petit Poucet rêveur, j'égrenais dans ma course
Des rimes. Mon auberge était à la Grande-Ourse.
– Mes étoiles au ciel avaient un doux frou-frou.

Et je les écoutais, assis au bord des routes,
Ces bons soirs de septembre où je sentais des gouttes
De rosée à mon front, comme un vin de vigueur ;

Où, rimant au milieu des ombres fantastiques,
Comme des lyres, je tirais les élastiques
De mes souliers blessés, un pied près de mon cœur !

LE DORMEUR DU VAL

C'est un trou de verdure où chante une rivière
Accrochant follement aux herbes des haillons
D'argent ; où le soleil, de la montagne fière,
Luit : c'est un petit val qui mousse de rayons.

Un soldat jeune, bouche ouverte, tête nue,
Et la nuque baignant dans le frais cresson bleu,
Dort ; il est étendu dans l'herbe, sous la nue,
Pâle dans son lit vert où la lumière pleut.

Les pieds dans les glaïeuls, il dort. Souriant comme
Sourirait un enfant malade, il fait un somme :
Nature, berce-le chaudement : il a froid.

Les parfums ne font pas frissonner sa narine ;
Il dort dans le soleil, la main sur sa poitrine
Tranquille. Il a deux trous rouges au côté droit.

LES EFFARÉS

Noirs dans la neige et dans la brume,
Au grand soupirail qui s'allume,
    Leurs culs en rond,

À genoux, cinq petits – misère ! –
Regardent le Boulanger faire
    Le lourd pain blond.

Ils voient le fort bras blanc qui tourne
La pâte grise et qui l'enfourne
    Dans un trou clair.

Ils écoutent le bon pain cuire.
Le Boulanger au gras sourire
    Grogne un vieil air.

Ils sont blottis, pas un ne bouge,
Au souffle du soupirail rouge
    Chaud comme un sein.

Quand pour quelque médianoche,
Façonné comme une brioche
    On sort le pain,

Quand, sous les poutres enfumées,
Chantent les croûtes parfumées
    Et les grillons,

Que ce trou chaud souffle la vie,
Ils ont leur âme si ravie
    Sous leurs haillons,

Ils se ressentent si bien vivre,
Les pauvres Jésus pleins de givre,
    Qu'ils sont là tous,

Collant leurs petits museaux roses
Au treillage, grognant des choses
    Entre les trous,

Tout bêtes, faisant leurs prières
Et repliés vers ces lumières
    Du ciel rouvert,

Si fort, qu'ils crèvent leur culotte
Et que leur chemise tremblote
    Au vent d'hiver.

Jean Rivet
né en 1933

COLLAGES
(ou recette pour apprendre la simple vie)

Le petit garçon avait dessiné une maison ; la première partie, faite au printemps, en était très bleue avec un nuage bien blanc ; la seconde, dessinée en été, éclatait de soleil ; la troisième, conçue en automne, était couverte de feuilles d'arbre mortes ; et la dernière partie était tout enneigée.
Le petit garçon, dans son tableau, avait aussi collé du jour, de la nuit noire ou étoilée, des semailles et des moissons.
Il y avait également une mère, un père, des enfants, un chien et des oiseaux.
Enfin, il avait ajouté du bonheur et des larmes.

AILLEURS

Dans ce pays, quand le petit garçon cueillait des étoiles, elles saignaient. Les chevaux avaient des ailes et les arbres nageaient dans l'eau du ciel. On cultivait le rêve, on le semait, on le moissonnait et on l'engrangeait ; ce qui fait que, lors des « bonnes années », on pouvait manger autant de rêves que l'on voulait. Quand un rêve mourait, on l'enterrait dans des cimetières sans portes et sans tombes.
Dans ce pays, il suffisait de dire bonjour pour que le bonheur existât. Il suffisait de dire soleil pour qu'un soleil naquît.

L'ÉCOLE

Moins de dix flocons dansent lentement dans le carreau, il redevient alors ce petit garçon parcourant la neige du matin ; l'instituteur les emmène à tire-d'aile. Les platanes blanchiront avant la récréation sur une terre où les éblouit encore l'or des Incas. Le gris est limpide, des centaines de mains changeront de couleur en emprisonnant la neige. Finira-t-il son déjeuner près du poêle, et sa mère lui redira-t-elle, ô douce voix, de ne pas oublier son quatre-heures ?

Maurice Rollinat
1846-1903

LA BICHE

La biche brame au clair de lune
Et pleure à se fondre les yeux :
Son petit faon délicieux
A disparu dans la nuit brune.

Pour raconter son infortune
À la forêt de ses aïeux,
La biche brame au clair de lune
et pleure à se fondre les yeux.

Mais aucune réponse, aucune,
À ses longs appels anxieux !
Et le cou tendu vers les cieux,
Folle d'amour et de rancune,
La biche brame au clair de lune.

Pierre de Ronsard

1524-1585

Mignonne, allons voir si la rose
Qui ce matin avait déclose
Sa robe de pourpre au Soleil,
A point perdu cette vesprée
Les plis de sa robe pourprée,
Et son teint au vôtre pareil.

Las ! Voyez comme en peu d'espace,
Mignonne, elle a dessus la place,
Las ! las ! ses beautés laissé choir !
Ô vraiment marâtre Nature,
Puisqu'une telle fleur ne dure
Que du matin jusques au soir !

Donc, si vous me croyez, mignonne,
Tandis que votre âge fleuronne
En sa plus verte nouveauté,
Cueillez, cueillez votre jeunesse :
Comme à cette fleur, la vieillesse
Fera ternir votre beauté.

Jean Rousselot

né en 1913

L'ORDINATEUR ET L'ÉLÉPHANT

Parce qu'il perdait la mémoire
Un ordinateur alla voir
Un éléphant de ses amis :
– C'est sûr, je vais perdre ma place,
Lui dit-il, viens donc avec moi.
Puisque jamais ceux de ta race
N'oublient rien, tu me souffleras.
Pour la paie, on s'arrangera.

Ainsi firent les deux compères.
Mais l'éléphant était vantard :
Voilà qu'il raconte ses guerres,
Le passage du Saint-Bernard,
Hannibal et Jules César…

Les ingénieurs en font un drame :
Ce n'était pas dans le programme !
Et l'éléphant, l'ordinateur
Tous les deux, les voilà chômeurs.

De morale je ne vois guère
À cette histoire, je l'avoue.
Si vous en trouvez une, vous,
Portez-la chez le Commissaire ;
Au bout d'un an, elle est à vous
Si personne ne la réclame.

LE CŒUR TROP PETIT

Quand je serai grand
Dit le petit vent
J'abattrai
La forêt
Et donnerai du bois
À tous ceux qui ont froid

Quand je serai grand
Dit le petit pain
Je nourrirai tous ceux
Qui ont le ventre creux

Là-dessus s'en vient
La petite pluie
Qui n'a l'air de rien
Abattre le vent
Détremper le pain
Et tout comme avant
Les pauvres ont froid
Les pauvres ont faim

Mais mon histoire
N’est pas à croire :
Si le pain manque et s’il fait froid sur terre
Ce n’est pas la faute à la pluie
Mais à l’homme, ce dromadaire
Qu’a le cœur beaucoup trop petit.

LES POMMES DE LUNE

Entre Mars et Jupiter
Flottait une banderole
Messieurs Mesdames
Faites des affaires
Grande vente réclame
De pommes de terre

Un cosmonaute qui passait par là
Fut tellement surpris qu'il s'arrêta
Et voulut mettre pied à terre

Mais pas de terre en ce coin-là
Et de pommes de terre
Pas l'ombre d'une

C'est une blague sans doute
Dit-il en reprenant sa route
Et à midi il se fit
Un plat de pommes de lune.

DIT DE LA MER

Si vous croyez que ça m'amuse
Dit la mer
D'avoir toujours à me refaire
– Un point à l'endroit un point à l'envers
– Un pas en avant un pas en arrière

Moi qui aimerais tant aller cueillir des coings
À Tourcoing
Me bronzer dans la neige
À Megève

Hélas pas moyen de fermer boutique
J'ai trop de sprats j'ai trop de pra-
Trop de pratiques

Mais comme elle a des cailloux plein la bouche
Personne ne comprend rien
À ce que raconte la mer

Annie Salager

née en 1934

Tu es là mon fils, vous êtes là tous deux
Nous parlons, je viens reprendre source

Un champ de forces inouï nous talonne, nous ouvre

Nous échangeons des airs, des confidences,
Des masques aux voix pures, des lèvres en sueur
Où jour à jour hier nouveau renouvelle
Sa soleilleuse odeur,

Et rendons plus légers de vieux enfants mauvais
Enfoncés dans les veines des murs,
Depuis l'ombre sans mortelles armes
De la haute flamme du cœur.

À MES ENFANTS

Il me faudrait remonter si loin pour ne plus
retrouver leur trace
parcourir tant d'histoire et d'années
défaire une à une les minutes heureuses que leur
existence tissait
même aux plus esseulés des jours
et avoir été autre, celle à qui je ne peux imaginer
de liens d'assise de chaleur
celle qui n'aurait eu ce murmure de fleuve au
milieu de sa vie
et ce chant de campagne où l'air retrouve sa
saveur
qui n'aurait respiré sur son enfant ni les peurs ni
les fièvres
et jamais d'aussi près n'aurait-il lu
jour à jour l'angoissante merveille

Parce que tout paysage est pour moi leur image
parce que dans leurs gestes je respire le vent

parce que plonger dans les eaux bleues et vertes
de la mer
c'est comme s'unir à la transparence illimitée de
leur désir
pour eux seuls les canaux de mon corps
veulent créer des mers et ouvrir des espaces

Les plages les plus blanches ensoleillées et nues
les fonds marins aux plus limpides paradis
les plus lointaines îles et leur grave musique
le talon des couleurs sur les fleurs des prairies
au printemps ce que j'aime humer le fruit du vent
et le plaisir très vaste d'exister
c'est cela qu'ils sont dans mes veines
tout ce désir et sa réalité

Ils sont aussi comme larme insoluble
où tendrement en moi le temps devient du jour
j'en écoute le cours fragile eux sont ailleurs
avec leur force jeune et leur beauté
attentifs à tout ce qui va être…

Joseph-Paul Schneider
1940-1998

LE SECRET

Écoute mon enfant
les verts secrets des branches
et ceux de la sève
qui irrigue l'arbre

Regarde danser l'abeille
perce le secret de cet alchimiste
qui transforme en miel
la poudre d'or des fleurs

Mets ton oreille
contre la mousse du rocher
pour capter le grand secret
des pierres

Cours vite à la mer
et laisse-toi bercer
par le secret du chant
des vagues

TU DIS

Tu dis sable
et déjà
la mer est à tes pieds

Tu dis forêt
et déjà
les arbres te tendent leurs bras

Tu dis colline
et déjà
le sentier court avec toi vers le sommet

Tu dis nuages
et déjà
un cumulus t'offre la promesse du voyage

Tu dis poème
et déjà
les mots volent et dansent
comme étincelles dans ta cheminée

BANLIEUE

Le poing noué d'un saule
secoue l'argent de ses feuilles
la rivière gonflée de pluies
déborde sur la patience des prés
dans l'herbe haute une couleuvre
file à l'approche du gamin
venu repêcher un ballon

Le vent bouscule les nuages
vers les cités grises de la banlieue

demain
le béton recouvrira
d'une chappe de silence glacé
l'herbe et la couleuvre
le saule et la rivière

LUMIÈRE

Il faut
il faut mon enfant traverser
la rivière, le fleuve, la mer
pour voir
pour comprendre
qu'au-delà de la rivière, du fleuve, de la mer
un autre enfant est là
qui, comme toi, rêve et poursuit
cette lumière
que tu ne peux
ni apprendre, ni apprivoiser
qui se dérobe même à la course
des grands navigateurs

Sully Prudhomme
1839-1907

UN SONGE

Le laboureur m'a dit en songe : « Fais ton pain ;
Je ne te nourris pas ; gratte la terre et sème. »
Le tisserand m'a dit : « Fais tes habits toi-même. »
Et le maçon m'a dit : « Prends la truelle en main. »

Et seul, abandonné de tout le genre humain,
Dont je traînais partout l'implacable anathème,
Quand j'implorais du ciel une piété suprême,
Je trouvais des lions debout dans mon chemin.

J'ouvris les yeux, doutant si l'aube était réelle :
De hardis compagnons sifflaient sur leur échelle,
Les métiers bourdonnaient, les champs étaient semés.

Je connus mon bonheur, et qu'au monde où nous sommes
Nul ne peut se vanter de se passer des hommes ;
Et depuis ce jour-là, je les ai tous aimés.

LE LONG DU QUAI

Le long des quais les grands vaisseaux,
Que la houle incline en silence,
Ne prennent pas garde aux berceaux
Que la main des femmes balance.

Mais viendra le jour des adieux ;
Car il faut que les femmes pleurent
Et que les hommes curieux
Tentent les horizons qui leurrent.

Et ce jour-là les grands vaisseaux,
Fuyant le port qui diminue,
Sentent leur masse retenue
Par l'âme des lointains berceaux.

Paul Verlaine
1844-1896

D'UNE PRISON

Le ciel est par-dessus le toit,
Si bleu, si calme !
Un arbre, par-dessus le toit,
Berce sa palme.

La cloche, dans le ciel qu'on voit,
Doucement tinte.
Un oiseau sur l'arbre qu'on voit
Chante sa plainte

Mon Dieu, mon Dieu, la vie est là
Simple et tranquille.
Cette paisible rumeur-là
Vient de la ville.

– Qu'as-tu fait, ô toi que voilà
Pleurant sans cesse,
Dis, qu'as-tu fait, toi que voilà,
De ta jeunesse ?

IMPRESSION FAUSSE

Dame souris trotte,
Noire dans le gris du soir,
Dame souris trotte,
Grise dans le noir.

On sonne la cloche :
Dormez, les bons prisonniers,
On sonne la cloche :
Faut que vous dormiez.

Pas de mauvais rêve,
Ne pensez qu'à vos amours,
Pas de mauvais rêve :
Les belles toujours !

Le grand clair de lune !
On ronfle ferme à côté.
Le grand clair de lune
En réalité !

Un nuage passe,
Il fait noir comme en un four,
Un nuage passe,
Tiens, le petit jour !

Dame souris trotte,
Rose dans les rayons bleus,
Dame souris trotte :
Debout, paresseux !

MARINE

L'océan sonore
Palpite sous l'œil
De la lune en deuil
Et palpite encore,

Tandis qu'un éclair
Brutal et sinistre
Fend le ciel de bistre
D'un long zigzag clair,

Et que chaque lame
En bonds convulsifs
Le long des récifs
Va, vient, luit et clame,

Et qu'au firmament,
Où l'ouragan erre,
Rugit le tonnerre
Formidablement.

L'HEURE DU BERGER

La lune est rouge au brumeux horizon ;
Dans un brouillard qui danse, la prairie
S'endort fumeuse, et la grenouille crie
Par les joncs verts où circule un frisson ;

Les fleurs des eaux referment leurs corolles ;
Des peupliers profilent aux lointains,
Droits et serrés, leurs spectres incertains ;
Vers les buissons errent les lucioles ;

Les chats-huants s'éveillent, et sans bruit
Rament l'air noir avec leurs ailes lourdes,
Et le zénith s'emplit de lueurs sourdes.
Blanche, Vénus émerge, et c'est la Nuit.

Alfred de Vigny

1797-1863

LA MORT DU LOUP

I

Les nuages couraient sur la lune enflammée
Comme sur l'incendie on voit fuir la fumée
Et les bois étaient noirs jusques à l'horizon.
Nous marchions, sans parler, dans l'humide gazon,
Dans la bruyère épaisse et dans les hautes brandes,
Lorsque, sous des sapins pareils à ceux des Landes,
Nous avons aperçu les grands ongles marqués
Par les loups voyageurs que nous avions traqués.
Nous avons écouté, retenant notre haleine
Et le pas suspendu. – Ni le bois ni la plaine
Ne poussaient un soupir dans les airs ; seulement
La girouette en deuil criait au firmament ;

Car le vent, élevé bien au-dessus des terres,
N'effleurait de ses pieds que les tours solitaires,
Et les chênes d'en bas, contre les rocs penchés,
Sur leurs coudes semblaient endormis et couchés.

Rien ne bruissait donc, lorsque, baissant la tête,
Le plus vieux des chasseurs qui s'étaient mis en quête
A regardé le sable en s'y couchant ; bientôt,
Lui que jamais ici on ne vit en défaut,
A déclaré tout bas que ces marques récentes
Annonçaient la démarche et les griffes puissantes
De deux grands loups-cerviers et de deux louveteaux.
Nous avons tous alors préparé nos couteaux,
Et, cachant nos fusils et leurs lueurs trop blanches,
Nous allions pas à pas en écartant les branches.

Trois s'arrêtent, et moi, cherchant ce qu'ils voyaient,
J'aperçois tout à coup deux yeux qui flamboyaient,
Et je vois au-delà quatre formes légères
Qui dansaient sous la lune au milieu des bruyères,
Comme font chaque jour à grand bruit sous nos yeux,
Quand le maître revient, les lévriers joyeux.
Leur forme était semblable et semblable la danse ;
Mais les enfants du Loup se jouaient en silence,
Sachant bien qu'à deux pas, ne dormant qu'à demi,
Se couche dans ses murs l'homme leur ennemi.
Le père était debout, et plus loin, contre un arbre,
Sa louve reposait comme celle de marbre
Qu'adoraient les Romains, et dont les flancs velus
Couvaient les demi-dieux Rémus et Romulus.
Le Loup vient et s'assied, les deux jambes dressées,
Par leurs ongles crochus dans le sable enfoncées.
Il est jugé perdu, puisqu'il était surpris,
Sa retraite coupée et tous ses chemins pris ;
Alors il a saisi, dans sa gueule brûlante,
Du chien le plus hardi la gorge pantelante,

Et n'a pas desserré ses mâchoires de fer,
Malgré nos coups de feu qui traversaient sa chair,
Et nos couteaux aigus qui, comme des tenailles,
Se croisaient en plongeant dans ses larges entrailles,
Jusqu'au dernier moment où le chien étranglé,
Mort longtemps avant lui, sous ses pieds a roulé.
Le loup le quitte alors et puis il nous regarde.
Les couteaux lui restaient au flanc jusqu'à la garde,
Le clouaient au gazon tout baigné dans son sang ;
Nos fusils l'entouraient en sinistre croissant.
Il nous regarde encore, ensuite il se recouche,
Tout en léchant le sang répandu sur sa bouche,
Et, sans daigner savoir comment il a péri,
Refermant ses grands yeux, meurt sans jeter un cri.

II

J'ai reposé mon front sur mon fusil sans poudre,
Me prenant à penser, et n'ai pu me résoudre
À poursuivre sa Louve et ses fils, qui, tous trois,
Avaient voulu l'attendre, et, comme je le crois,
Sans ses deux louveteaux, la belle et sombre veuve
Ne l'eût pas laissé seul subir la grande épreuve ;
Mais son devoir était de les sauver, afin
De pouvoir leur apprendre à bien souffrir la faim,
À ne jamais entrer dans le pacte des villes
Que l'homme a fait avec les animaux serviles
Qui chassent devant lui, pour avoir le coucher,
Les premiers possesseurs du bois et du rocher.

III

Hélas ! ai-je pensé, malgré ce grand nom d'Hommes,
Que j'ai honte de nous, débiles que nous sommes !
Comment on doit quitter la vie et tous ses maux,
C'est vous qui le savez, sublimes animaux !
À voir ce que l'on fut sur terre et ce qu'on laisse,
Seul le silence est grand ; tout le reste est faiblesse.
– Ah ! je t'ai bien compris, sauvage voyageur,
Et ton dernier regard m'est allé jusqu'au cœur !
Il disait : « Si tu peux, fais que mon âme arrive,
À force de rester studieuse et pensive,
Jusqu'à ce haut degré de stoïque fierté
Où, naissant dans les bois, j'ai tout d'abord monté.
Gémir, pleurer, prier, est également lâche.
Fais énergiquement ta longue et lourde tâche
Dans la voie où le sort a voulu t'appeler,
Puis, après, comme moi, souffre et meurs sans
[parler. »

Paul Vincensini

1930-1985

TOUJOURS ET JAMAIS

Toujours et Jamais étaient toujours ensemble
Ne se quittaient jamais
On les rencontrait
Dans toutes les foires
On les voyait le soir traverser le village
Sur un tandem
Toujours guidait
Jamais pédalait
C'est du moins ce qu'on supposait
Ils avaient tous les deux une jolie casquette
L'une était noire à carreaux blancs
L'autre blanche à carreaux noirs
À cela on aurait pu les reconnaître
Mais ils passaient toujours le soir
Et avec la vitesse…
Certains les soupçonnaient
Non sans raisons peut-être
D'échanger certains soirs leur casquette
Une autre particularité

Aurait dû les distinguer
L'un disait toujours bonjour
L'autre toujours bonsoir
Mais on ne sut jamais
Si c'était Toujours qui disait bonjour
Ou Jamais qui disait bonsoir
Car entre eux ils s'appelaient toujours
Monsieur Albert Monsieur Octave

LE PETIT GRILLON

Le petit grillon qui garde la montagne
A bien du mérite croyez-moi
Quand de partout
Coucous et hibous font ou
Coucou coucou
ou ouh ouh ouh ouh
À d'autres coucous
Ou d'autres hibous
Qui font à tout coup
ou coucou coucou
ou ouh ouh ouh ouh
Toute toute toute la nuit
Le petit grillon vaillant
A bien du mérite
Et qu'est-ce qui le retient
Dites-le-moi
Messieurs
De se croiser les bras

Et de dormir longtemps
Sa tête
Entre ses deux yeux

QU'EST-CE QU'ILS BOUFFENT

Les noiseaux
Mangent des noisettes
Les crapauds des pâquerettes
Les chats des challumettes
Quand il fait frais
Des chalumeaux
Quand il fait chaud

MOI MAINTENANT

Avec toute la poussière
Qu'ils ont soulevée
Moi maintenant
Je vais éternuer dans la lune

PETITE NUIT

Quand il fait nuit
La nuit se prend dans ses bras
Et dort sur son épaule
Comme un lilas

La nuit
Il y a des arbres
Où le vent s'arrête
Sans bruit se déshabille
Et au matin les gens de la vallée
Disent avec un sourire
Cette nuit le vent s'est calmé

INDEX ALPHABÉTIQUE ET TABLE

Origine des textes

Nous remercions les éditeurs qui nous ont cédé gracieusement leurs copyrights et les auteurs qui nous ont confié des poèmes inédits.

Marc Alyn : Nous les chats © La Vague à l'âme.
Henry Bataille : La Chambre blanche.
Charles Baudelaire : Les Fleurs du mal.
Marcel Béalu : Poèmes inédits © Marcel Béalu.
Pierre Béarn : Poèmes inédits et Fables (Coll. L'enfant, la poésie, SGDP).
Luc Bérimont : Comptines pour les enfants d'ici et les canards sauvages (Coll. L'enfant, la poésie, SGDP).
Alain Bosquet : Poèmes inédits © Alain Bosquet.
Jean Breton : Chair et soleil (La Table Ronde rééd. SGDP) et Vacarme au secret (SGDP).
René-Guy Cadou : Les Amis d'enfance © Seghers.
Maurice Carême : Le Miroir aux alouettes (Coll. L'enfant, la poésie, © Les amis de Maurice Carême, SGDP).
Francesca Caroutch : La Voie du cœur de verre (SGDP).
Jacques Charpentreau : Mots et merveilles (Coll. L'enfant, la poésie, SGDP, © Jacques Charpentreau).
Jacques Chessex : Poèmes inédits © Jacques Chessex.
G. E. Clancier : Poèmes inédits © G. E. Clancier.

Alice Cluchier : La Cueillette émerveillée (Coll. L'enfant, la poésie, SGDP).
Gabriel Cousin : Poèmes d'un grand-père pour de grands enfants (Coll. L'enfant, la poésie, SGDP).
Christian Da Silva : Pommes de plume, pommes de mots (Coll. L'enfant, la poésie, SGDP).
Jean-Marc Debenedetti : Poèmes inédits.
Lucie Delarue-Mardrus : L'Odeur de mon pays.
Marceline Desbordes-Valmore : Poésies complètes.
Charles Dobzynski : Fablier des fruits et légumes (Coll. L'enfant, la poésie, SGDP).
Joachim du Bellay : Les Regrets.
Marie-Jeanne Durry : Lignes de vie (SGDP).
Jean-Pierre Claris de Florian : Fables.
Paul Fort : Ronde (Coll. L'enfant, la poésie, SGDP), © Flammarion et Armand Colin.
Théophile Gautier : Émaux et camées.
André Geissmann : Poèmes inédits.
Guy Goffette : Poèmes inédits.
Eugène Guillevic : Babiolettes (Coll. L'enfant, la poésie, SGDP).
José-Maria de Heredia : Les Trophées.
Victor Hugo : Les Contemplations.
Georges Jean : Les Mots d'Apijo (Coll. L'enfant, la poésie, SGDP).
Jean Joubert : Le Chasseur de Sylans (SGDP).
Daniel Lacotte : Poèmes inédits.
Jean de La Fontaine : Fables.
Jules Laforgue : Les Complaintes.
Lamartine : Harmonies poétiques et religieuses.
Jean L'Anselme : La Foire à la ferraille (EFR Temps Actuels).
André Laude : Animalphabet (Coll. L'enfant, la poésie, SGDP).
Leconte de Lisle : Poèmes barbares.
Gérard Le Gouic : Poèmes inédits.
Charles Le Quintrec : Le Village allumé (Coll. L'enfant, la poésie, SGDP).
Brigitte Level : L'Arche de Zoé (Coll. L'enfant, la poésie, SGDP).

Michel Luneau : La Maison du poète (coll. L'enfant, la poésie, SGDP).
Jean-Hugues Malineau : Poèmes inédits.
Pierre Menanteau : Chansons venues par la fenêtre (Coll. L'enfant, la poésie, SGDP).
Jacques Meunier : Poèmes inédits.
François Montmaneix : Visage de l'eau.
Jeanine Moulin : Les Mains nues.
Alfred de Musset : Poésies nouvelles.
Gérard de Nerval : Odelettes.
René de Obaldia : Innocentines © Grasset.
Jean Orizet : Poèmes cueillis dans la prairie (Coll. L'enfant, la poésie, SGDP).
Charles d'Orléans : Rondeaux.
Christian Poslaniec : Fleurs de carmagnole (Coll. L'enfant, la poésie, SGDP).
Henri de Régnier : Les Jeux rustiques et divins ; les médailles d'argile.
Arthur Rimbaud : Poésies.
Jean Rivet : La Complainte du petit garçon (Coll. L'enfant, la poésie, SGDP).
Maurice Rollinat : Les Refuges.
Pierre de Ronsard : Odes.
Jean Rousselot : Petits Poèmes pour cœurs pas cuits (Coll. L'enfant, la poésie, SGDP).
Annie Salager : Les Fous de Bassan et la Femme-buisson (SGDP).
Joseph-Paul Schneider : Poèmes inédits.
Sully Prudhomme : Les Épreuves, Stances et poèmes.
Jean-Vincent Verdonnet : D'ailleurs (SGDP).
Paul Verlaine : Sagesse. Parallèlement. Poèmes saturniens.
Alfred de Vigny : Les Destinées.
Paul Vincensini : Qu'est-ce qu'il n'y a ? (Coll. L'enfant, la poésie, SGDP).

Malgré nos efforts, nous n'avons pu identifier les ayants droit de certains textes. Nous les prions de bien vouloir prendre contact avec nous, afin que nous puissions combler les lacunes dont nous les prions de nous excuser.

Du même auteur :

POÉSIE ET PROSE

Errance, La Grisière, 1962. Réédition Melis, 2001.
L'Horloge de vie, Guy Chambelland, 1966, Prix Marie-Noël.
Miroir oblique, SGDP, 1969.
Silencieuse entrave au temps, SGDP, 1973, Prix Charles-Vildrac de la Société des Gens de Lettres.
Les Grandes Baleines bleues, SGDP, 1973.
En soi le chaos, SGDP, 1975, Prix Max-Jacob.
Solaire apocalypse, La Grisière, 1976.
Niveaux de survie, Belfond, 1978.
Dits d'un monde en miettes, SGDP, 1982.
La Peau du monde, Belfond, 1987.
Poèmes, Le Cherche Midi éditeur, 1990, Grand Prix de Poésie de l'Académie française.
Hommes continuels, Belfond, 1994, Grand Prix des poètes de la SACEM.
Histoire de l'entretemps, La Table Ronde, 1985. Nouvelle édition Melis, 2004.
I. *La Rame d'Ulysse*, La Table Ronde, 1985.
II. *L'Épaule du cavalier*, Le Cherche Midi, 1991.
III. *Le Miroir de Méduse*, Le Cherche Midi, 1994.
IV. *La Poussière d'Adam*, Le Cherche Midi, 1997.
V. *La Vie autrement*, Le Cherche Midi, 1999.
VI. *L'Homme fragile*, Le Castor Astral, 2002.
Lettre à Claude Érignac, l'ami assassiné, Le Cherche Midi, 2003.
La Cendre et l'Étoile : poèmes 1978-2004, Le Cherche Midi, 2005.
L'Entretemps : brèves histoires de l'art, Table ronde, 2005.
Le Regard et l'Énigme : œuvre poétique 1958-2008, Le Cherche Midi, 2008.
Œuvre en prose, 1. Les Forêts de l'impossible, Le Cherche Midi, 2011.

ANTHOLOGIES

Cent poètes pour jeunes d'aujourd'hui, Le Cherche Midi, 1980.

Les Plus Beaux Poèmes pour les enfants, Le Cherche Midi, 1981 ; Le Grand Livre du Mois ; Le Livre de Poche, 2004.

Les Cent Plus Beaux Textes sur les vins, avec Louis Orizet, Le Cherche Midi, 1981.

Les Cent Plus Beaux Poèmes de la langue française, France-Loisirs, 1985 ; Le Cherche Midi, 1994 ; Le Livre de Poche, 2002.

Anthologie de la poésie française, Larousse, 1988, 1995, 1998.

La Bibliothèque de poésie en 16 volumes, France-Loisirs, 1991-1993.

Les Plus Beaux Poèmes d'amour de la langue française, France-Loisirs, 1995.

Une anthologie de la poésie amoureuse en France, XIIe-XXe siècle, Bartillat, 1997.

Les Poètes et le rire, Le Cherche Midi, 1999.

Le Livre d'or de la poésie française, France-Loisirs, 1999.

Les Plus Beaux Sonnets de la langue française, Le Cherche Midi, 1999 ; France-Loisirs.

Les Plus Beaux Poèmes de Victor Hugo, Le Cherche Midi, 2002.

Les Plus Belles Pages de la poésie tendre et sentimentale, Le Cherche Midi, 2003.

La Poésie française contemporaine, Le Cherche Midi, 2004.

Composition réalisée par INTERLIGNE

Achevé d'imprimer en avril 2013, en France par
CPI Bussière à Saint-Amand-Montrond (Cher)
N° d'imprimeur : 2001935.
Dépôt légal 1re publication : août 2004.
Édition 07 – avril 2013
LIBRAIRIE GÉNÉRALE FRANÇAISE – 31, rue de Fleurus – 75278 Paris Cedex 06

31/0955/0